ERWACHEN IM FRÜHLING

VIKTOR KAMERER
Erwachen im Frühling
Roman

Bibliografische Information der Deutschen
Nationalbibliothek:
Die Deutsche Nationalbibliothek verzeichnet diese
Publikation In der Deutschen Nationalbibliografie,
detaillierte bibliografische
Daten sind im Internet über dnb.dnb.de abrufbar.

TWENTYSIX – Der Self-Publishing-Verlag
Eine Kooperation zwischen der Verlagsgruppe Random
House und BoD – Books on Demand

© 2020 Viktor Kamerer

Herstellung und Verlag:
BoD – Books on Demand, Norderstedt

ISBN: 9783740764302

Zum Autor

VIKTOR KAMERER, geboren 1976, absolvierte kaufmännische Schulen bis zum Mittleren Management und arbeitete in einem Großhandel, bis er sich dem Schreiben widmete. Seit 2017 veröffentlicht er Gesellschafts- und Mysteryromane, alles beim Twentysix Verlag.

1

Das Jahr war nunmehr sagenumwoben und phantastisch vergangen, nachdem mein Papa Johannes zuvor und ich hinterher in die Ewigkeit gegangen waren, wo unser aller Liebster, Papa, Ehemann und Großvater sich die Ehre zuteil gab, ein Häuschen im Himmel für die ganze eigene Familie aufzubauen, mit dem hehren Ziel, alle Beteiligten in dieser Familie, würden sie einst im Himmel zusammenkommen, in diesem Haus zu vereinen, und große Feste darin abzustatten, ganz wie wir es früher auf der Erde in unserem elterlichen Haus getan hatten, in der Zeit jungen Blutes und feines Gespürs, nicht meines Gespürs, denn das hatte ich keineswegs. Aber das meiner Geschwister und der Partygäste. Sehr oft hatte man mich wegen meiner Gefühlslosigkeit zurechtgewiesen, sehr fein und zurückhaltend, aber ganz gegen meinen vorhandenen Sturkopf, den ich erst mit dem Ende meines menschlichen Lebens vor einigen Wochen aufgegeben hatte, nachdem unser

Johannes denn von uns ging und auch in mir Rührung und Tränen hervorzuzaubern wusste. Ich saß an diesem Abend zusammen mit Mutter, Isabel und Felix an seinem Sterbebett und wir sagten noch einige herzzerreißende Worte, jeder das seine, ohne Gefühl wäre das überhaupt nicht möglich noch denkbar gewesen. Johannes hatte noch drei Mal aufgehört zu atmen, bis er sodann – für uns offenkundig – beim dritten Mal ganz zu atmen aufgehört hatte und ich seine so schöne Seele von seinem verstorbenen Körper heraustreten sah, in die Luft hinaufschweben sah.

Ich hatte diese Erfahrung keinesfalls erzwungen, sondern ließ es, sonderbar aber natürlich, geschehen, mir blieb gar nichts Anderes übrig, meine Augen sahen was die Wahrheit war.

Ich hatte hernach – endlich – unseren Papa Johannes mit einer gehörigen Prise Liebe erkannt und erlebt, Dies war mir von da an ins Herz geschrieben worden durch seinen Tod. Mein Herz wurde geöffnet und mein Verstand hatte sich zurückgezogen. Erst bei unserer Wiederkunft im Januar 2018 hatte sich mein Verstand, mein Denken, wieder eingeschalten, als ich sah, dass dies gut und nötig ist, nämlich in Gesprächen auch Worte herbeizudenken und doch einige Sätze von Liebe und Gefühl hineinzumischen, dann, wenn es notwendig ist mit Liebe zu reden.

Und so standen Johannes und ich im Wohnzimmer, das unser Papa mit unserer Hilfe vor einigen Jahren renoviert hatte mit all dem Sachverstand fürs Handwerk, das er sich in Jahrzehnten einverleibt hatte.

Handwerk, das konnte er, das beherrschte er wie nur wenige in unserer großen Familie. Es gab schon den einen oder anderen der viel beherrschte. »Siehst du, Stephan«, sagte Johannes ein ums andere Mal zu mir. »Einen Rechtsanwalt haben wir nicht in unserer großen Familie. Wenn wir den noch hätten, dann könnten wir in allen Bereichen Hilfe bekommen.«

»Papa«, sagte ich. »Wir haben auch keinen Polizisten in dieser so großen, weiten Familie.«

»Sicher, Stephan, aber denke doch mal nach. Ich habe ja Rechtsanwalt werden wollen, dann hätten wir jetzt einen Rechtsanwalt bei uns.«

Doch zurück nun zum Abend, als Johannes und ich uns zurückgemeldet hatten aus dem Schlund der Ewigkeit, die Ewigkeit wurde uns zur Vergangenheit und die Gegenwart war erneut zu fühlen, zu denken und zu reden. Dies sind Dinge, die Johannes, aber jetzt auch ich, uns gerne vorgenommen und ausgeübt haben, jetzt mehr denn je, denn Johannes nahm sich vor – und das sagte er mir an diesem Abend – intensiver, ausgeglichener und wertvoller sein Leben zu leben und zu schätzen, mit einer Natürlichkeit, die keiner sonst an den Tag legen konnte, denn Johannes wusste was es heißt zu sterben und er weiß was es bedeuten kann so zu leben, wie er es nun tat: mit Leidenschaft und Freude. Diese hatte er sonst immer, aber in diesen kommenden Wochen würde er mehr davon ziehen, das Leben einsaugen, als wäre es erneut der letzte Tag in seinem Leben.

»Meine lieben Enkel, Manuel und Hermine. Wenn ich jetzt ehrlich sein soll, dann würde ich sagen, dass ich euch sehr, sehr liebhabe. Ich kann euch sicherlich meine Geschichte erzählen, die mich in den Tod und wieder - dank Stephan hier – zurückgebracht hat, aber ihr würdet möglicherweise nur die Hälfte davon verstehen und begreifen, obwohl Ihr Engel wart bevor ihr auf die Erde gekommen seid. Also vielleicht versteht Ihr es doch, nicht zuletzt eure Eltern sollen es aber nun vernehmen, was mir zugestoßen ist, was ich erlebt habe und wie ich zurückgekommen bin. Denn der Himmel hatte mich aufgesogen als ich die letzten Atemzüge von mir gab und es geschah eine Sache, die ich zuvor nur als Phantasie abgetan hatte, wenn Stephan mir mal die eine oder andere phantastische Geschichte von der Ewigkeit erzählt hatte. Verstehe nur, Stephan: Du warst eben krank und da dachte ich eben, dass du Hirngespinste dein Eigen nennen musstest, aber es war alles die Wahrheit, die du mir in all den Jahren vorgetragen hast und nun glaube ich fest an die parallele Welt, der ich mich zutiefst interessiert anvertraut hatte. Jetzt aber sind wir zurück.‹‹

Isabel stupste ihren Sohn Manuel an der Schulter und er wusste mit seinem sehr jungen Alter schon gewiss, was sie ihm bedeuten wollte, so ging er zu Johannes hinüber, die zwei, drei Schritte und meinte: ››Opa, lieb.‹‹

Johannes erkannte sofort Manuels Intension und dessen Gefühle, denn das haben die Kinder mit aller Gewissheit, wie ich nun zu wissen weiß: Gefühle.

Johannes griff sich zärtlich Manuels kleine, feine Hand und massierte diese dann mit großem Erfolg, denn Manuel machte diese Art von Spiel mit Opa sehr viel Freude und Zufriedenheit.

››Wisst ihr, meine liebe Familie. Ich werde euch von jetzt an immer sagen was mir auf dem Herzen liegt, nichts mehr werde ich verschweigen oder aussitzen, nein, ich habe mich verbessert und bin mir sicher, dass ich allem Ärger zum Trotz alles ansprechen und ausdiskutieren sollte, was ich von nun an auch tun werde.‹‹

Johannes hatte also Manuel in der Hand und setzte sich mit diesem auf die braune Stoffcouch, die bereits seit einigen Jahren in unserem Wohnzimmer verweilt und uns gute Dienste leistet. Manuel umschlang mit seinem kleinen, sanften Körper, Johannes Körper und unser Papa und Opa grinste wie ein Smiley. Isabel war vergnügt bis in die Ohrenspitzen und meinte, Manuel habe tatsächlich einen guten Freund in Opa gefunden, das sähe man mit zwei blinden Augen und das rieche man mit verstopfter Nase.

Ihr Mann Malte entgegnete mit aller Freude über seinen allerliebsten Sohn Manuel, dass die Bande zwischen dem Opa und dem Enkel fest und stark sei. ›Ihr seid euch sogar sehr ähnlich. Nicht nur charakterlich, sondern auch mit dem Äußeren.‹

Isabel staunte nur noch selten über ihres Mannes außerordentlich treffende Bemerkungen, und stimmte sodann folgenden Reigen ein: ›Aber unser allerliebster Manuel wird doch schon bald anders aussehen, das tun doch kleine Kinder immer.‹

Johannes aber war verwundert, enttäuscht und beleidigt wegen seiner Tochter Isabel. Wie konnte sie ihn nun so vor seinen denkbar schlauen Kopf stoßen, wo er es doch sehr gern hörte, dass Manuel ihm ähnelte. Zudem hatte er doch immer alles Gute über Isabels Leben gebracht.

Als aber Isabel lässig wurde und Johannes in seinem Inneren spürte, da überkam sie der Gedanke oder das Gefühl, sie habe wohl übel an ihrem Vater getan, und so entschuldigte sie sich brav und lieb, was ihr locker von der Hand ging und worüber sie nachher stolz und selbstzufrieden war.

Sie war über ihren Schatten gesprungen, der nun strahlte wie kein anderer Schatten zu strahlen vermochte. Und dies wunderte mich keinesfalls, wo ich doch zu dieser Zeit wusste wie lieb sie unseren Johannes schon immer hatte.

»Ich glaube ich habe echt Mist erzählt, Papa. Du weißt doch bestimmt, dass ich es nur gut mit dir meine, oder? Ich selbst weiß, wie oft und wie gut du mir geholfen hast über mein ganzes bisheriges Leben. Ob bei der Renovierung unserer Wohnung, oder auch im Umgang mit unserem kleinen Manuel, warst du immer und beharrlich zur Stelle. Manuel hat dich so lieb, und ich wusste überhaupt nicht wie ich ihm beibringen sollte, dass du gestorben warst. Mich verwundert es aber, wie normal er eure Wiederkunft auf der Erde in unserer Mitte annimmt und wie fröhlich – und ganz und gar nicht erschüttert – er die Realität erkennt und aufnimmt.«

Johannes lächelte, wie er es schon früher getan hatte. Dann streckte er der Isabel seine Faust zur Versöhnung hin und sie stieß mit ihrer Faust auf die seine.

Sodann erkannte Johannes aus dem Augenwinkel seinen zweiten Sohn mit Tränen in den Augen und mit einem roten Gesicht, das nun seine Tochter Hermine anschielte. Johannes wusste was das zu bedeuten hatte. Er musste auch Hermine in diese Liebe einbeziehen und so winkte er seine Enkeltochter Hermine herbei. Sie setzte sich auf sein rechtes Bein, Manuel saß derweil auf dem linken Bein.

»Opa, du bist der Beste« sagte Hermine und fand sich im strahlenden Gesicht ihres eigenen Vaters wieder, der seine Tochter nur zu gut kannte, selbst da sie nur anderthalb Jahre alt gewesen war. Felix war stolz und sah die Zärtlichkeit in seiner Tochter Art und Weise, wie sie kleine Kinder nie verbergen können. Unserer Mutter Clara legte Felix ihre linke Hand auf seine rechte Schulter, denn sie hatte Felix` Blick richtig und gut gedeutet und wenn ihr Sohn und ihre liebe Enkelin schon so schön im Charakter an diesem Abend, aber auch an anderen Abenden, waren, dann musste unsere

Clara diesen Umstand aufs Heftigste loben und anerkennen, was sie hiermit auch tat.

Felix aber hatte ihre Hand auf ihm gespürt und so umarmte er seine allerliebste Mutter um die Taille.

Seine Frau Enie war sich bewusst, dass das Verhältnis zwischen Mutter und Sohn ein besonderes ist, und so wollte sie ihrem Mann diese Beziehung mit einem übergroßen Lächeln gutheißen.

Felix sah auch dies, sah wie Enie über die Situation liebäugelte und so nahm er Enie rechts von ihm in den Arm, wobei Mutter noch immer in seinem linken Arm dastand und versucht war zufrieden und glücklich zu sein, was ihr dermaßen gelang, dass Johannes nun Manuel und Hermine vom Schoß aufstehen ließ, um sogleich zu Clara hinüberzugelangen und ihr einen trockenen, zarten Kuss aufzudrücken wusste.

Wo die Lage äußerst liebevoll zu sein schien, wusste ich mich doch zumindest ein wenig zurückzuhalten, denn die Konstellationen waren nun mal wie sie denn waren, doch ich nahm keinem etwas Kleines oder Großes übel, denn die Liebe schreitet dorthin voran wo sie tausendfach Früchte trägt und wo die Ernte am Größten ist.

Unsere heißgeliebte Mutter Clara verstand auch was es zu bedeuten hatte für ihre Beziehung zu Opa Johannes. Sie waren also wieder vereint, ein Duo, das man nicht stoppen noch hintergehen konnte, schlau sind sie und dermaßen gefühlvoll und regelmäßig loyal füreinander und auch zu uns.

»Mein Johannes. Ich habe dich so vermisst, und jetzt können wir unsere Ehe weiterführen, oder?«

»Aber klar doch, Clara. Ich habe dich auch vermisst, auch wenn ich als Engel dich und alle Anwesenden als Engel stets besucht habe.«

Ich wusste sofort die Situation auszunutzen für meinen Gedanken, der mir tief in der Seele saß.

»Meine Lieben. Wie oft habe ich euch von Johannes erzählt, als er gestorben und ich noch am Leben war. Ich habe euch das eine oder andere Mal Nachrichten von ihm übergeben und Ihr wolltet mir keinen Glauben schenken, nicht wahr? Wie dem auch sei: Jetzt müsst Ihr uns Glauben schenken, denn Johannes ist wieder da, war er doch nie weggewesen.«

Als ersten sah ich Felix einknicken, der wässrige Tropfen auf der roten Wange herabfließen lies, und schöne Worte zu finden wusste: »Auch ich habe euch alle sehr lieb. Unser Leben hat sich dermaßen verändert durch euren Tod, Stephan und Papa. Ihr wart weg und wir sind weiter zusammengerückt, haben uns regelmäßig gesehen und haben uns immer mal wieder Geschenke zu besonderen Zeiten gemacht. Aber das Beste ist, dass wir offen und ehrlich über unser aller Gefühle reden können, was zuvor kaum möglich gewesen war. Heute sind wir noch mehr Mensch und das haben wir Stephan und Papa zu verdanken, deren Lebenslinien uns sehr weitergebracht haben. Sicherlich fühlten wir schon zuvor, und mit Gewissheit weiß ich davon, dass du, Stephan, dich doch erst vor kurzem den Gefühlen hingegeben hast. Ich bin froh, dass du auch das Denken wiedergefunden hast, denn: Menschen müssen eben auch denken in ihrer ganzen Kreativität.«

Unser aller Stimmung hellte sich in diesem Moment noch viel mehr auf, auch die Kinder sahen und spürten, was mich erneut darin bestärkte, dass die Kleinen eigentlich schon früh ganz groß sind im ganzen Denken und Fühlen.

Ich hatte eine gewisse Zuneigung zu Manuel parat, als ich spontan den süßen Fratz vernommen hatte, wie er strahlte und wie zart seine Haut und wie gigantisch schön seine Ausstrahlung denn waren.

Als ich ihm über sein Haupt und Haar streichelte, da hatte er auch für mich eine liebevolle Einstellung, sagte: »Stephan«, und war sehr an mir interessiert.

»Siehste«, meinte Johannes zu mir. »Er hat uns beide sehr lieb, Stephan.«

Malte, der Ehemann von Isabel, bekannte seinen ihm liebgewordenen Sohn mit wunderbaren Worten, und zwar sei Manuel der beste Junge den es je gegeben hat und den es je geben wird. Manuel verstand natürlich seines Vaters Worte nicht, allerdings kam es mir so vor, als spürte er was sein Papa denn sagte, viel mehr als dass der Junge alle Worte verstanden hätte.

Die Kleinen nannte ich stets die Großen, auch wenn sie nur halbe Portionen waren, Menschen die allerdings viel Gefühl und Empathie bei allen hegten und pflegten.

19

Dieser Glaube war es denn auch, der schon Johannes und mich zurück ins Menschsein geführt hatte, als wir vorhin durch die Hauswand ins Wohnzimmer hineingefunden hatten. Ich sah vor mir wie Felix – vor einer halben Stunde – erstaunt und verblüfft auf uns sah, als wir geschmeidig im Wohnzimmer auftauchten.

»Glaubst du mir, Felix?«

»Ja, Stephan. Ich sehe euch und ich habe eure neuen Körper eben gefühlt. Wie kann man da sagen, man glaube nicht was man sieht und spürt, was man in der Hand hält. Wie kann ich nur wagen zu sagen, ihr seid aus meiner Phantasie entsprungen, wo doch alle hier euch sehen und hören können.«

»Genau«, sagte Johannes und schmunzelte über so viel Verstand in seinem zweiten Sohn, der nun vorschlug, man träfe sich doch morgen Nachmittag zu Kaffee und Kuchen. Unsere Mutter Clara aber hatte eine noch viel eloquentere Idee und lud alle gleich fürs Mittagessen ein. Sie würde Schweinshaxe in den Backofen schieben wollen, mit Kartoffeln und einem Salat, und wenn wir noch Lust hätten, dann würden sie und Johannes sicherlich beim Bäcker noch Kuchen kaufen.

»Du bist doch einverstanden, Johannes?«

»Wenn du aus dem Bett kommst.«

»Ach, Johannes. Ich bin schon morgens um fünf wach und auf den Beinen, aber wie sieht es jetzt bei dir aus mit dem Schlafen und Aufwachen, jetzt wo du erst seit einer halben Stunde wieder Mensch bist?«

Das müsse man ausprobieren, meinte Johannes und ich stimmte mit einem ›hurra‹ in die schöne, warmgebende Atmosphäre ein. Die Nacht brach an, meine Geschwister und ihre Familien fanden den Weg nach Hause und würden am nächsten Mittag sodann wieder hier aufschlagen, so wie es denn besprochen und gewünscht war.

Der Himmel wurde von dunkelblauen Wolken durchsetzt, die aber demnächst weitergezogen waren und eine Klarheit lag sogleich zwischen den Sternenbildern. Mein Schlafverhalten ließ zu wünschen übrig, Johannes aber schnarchte durch die Wände hindurch, aber es war nicht das was mich am Schlafen hinderte, sondern vielmehr mein neuer Biorhythmus, der mir erst in der Nacht um drei einen kurzen Schlaf gönnte. Als Mutter Clara um fünf erwachte, den Fernseher einschaltete und Frühstück für uns drei vorbereitete, da erwachte ich wieder, begab mich ins Esszimmer, wo ich Platz auf einem Holzstuhl nahm, und wartete zusammen mit Clara darauf, dass auch Johannes zu uns durchstieße. Um 05:11 Uhr stoppte sein Schnarchen und genau eine Minute später stand er im Esszimmer da, mit Pyjama und einem Zug zu einer Tasse Kaffee, die Clara ihm sodann – mittels Vollautomaten – zubereitete. Danach gab es auch für sie und für meine Wenigkeit eine Tasse vom Bohnenkaffee.

2

»Wir frühstücken jetzt und dann werden Clara und ich zum Bäcker gehen, um einen Kuchen zu kaufen. Hast du einen besonderen Wunsch, Stephan?«

Ich hatte sicherlich einen Wunsch, wollte aber auch für die anderen einen passenden Kuchen aussuchen und so wählte ich den ›Bienenstich‹, was Mutter Clara ein Lächeln und Johannes eine Zufriedenheit bescherte. Ich war froh, dass wir in der Familie einen ähnlichen Geschmack haben und so wartete ich mit einer zweiten Tasse Bohnenkaffees auf die beiden Spaziergänger und vertrieb mir die Zeit zusätzlich mit einer Serie im Fernsehen.

»Hmh. Ghost Whisperer«, meinte ich als ich einen für mich passenden Sender gefunden hatte. Ich drückte die Lautstärke hinauf und setzte mich mit dem Kaffee in der Hand auf die Ottomane im Wohnzimmer. Von Minute zu Minute gefiel mir diese Mysteryserie immer mehr und ich fand darin ein wenig von meiner Natur wieder. Ich hatte vor meinem Tod schon Erfahrung mit Mystery gemacht und so war mir dieses Genre nicht fremd. Ich ging so richtig auf, als das Ende der Folge eingeläutet wurde, dann, als der Geist des Verstorbenen ins sogenannte Licht, also in den Himmel fand. Nichtsdestotrotz hatte ich keine Symptome in der Hinsicht mehr, und das, seit ich als Engel einen neuen Körper erhalten hatte. Ich hatte keine Visionen und keine Gabe mehr, was in die Richtung Übernatürliches geht. Gott hatte mir tatsächlich ein neues Leben, einen neuen Körper gegeben, direkt am Tag meines Todes vor einigen Monaten. Ich wusste mit Sicherheit, dass ich gesund geworden war, aber war die Gabe denn überhaupt eine Krankheit?

Und doch war ich froh, denn die eine oder andere Nebenwirkung meiner früheren Gabe musste ich nicht wiederhaben und so war ich zwar einer Faszination beraubt, aber eines Lebens als normaler Mensch bereichert.

Als Clara und Johannes wieder im Haus aufschlugen, sah ich die Tüte mit dem Bienenstich in Papas Hand, und er lüftete das Geheimnis des Bienenstichs, als er den Kuchen von der Tüte befreite. Dabei standen wir schon in der Küche, die mit dem Essbereich und dem Wohnzimmer in einem großen Raum gehalten war. Johannes ließ sich von mir eine weitere Tasse Kaffee gefallen, als ich ihn danach fragte, und so goss ich ihm die zweite, mir aber schon die dritte Tasse davon ein.

››Ich freue mich schon auf die zwei kleinen Racker‹‹, sagte Johannes und legte Clara seine Hand auf, als wir es uns im Essbereich gemütlich machten. Clara ging ganz auf in der Freude über Johannes Liebe zu ihr und ich musste jetzt eine Feststellung von mir geben als ich sagte: ››Wisst Ihr. Nur durch eure Liebe hat die Familie so zusammengehalten, nur durch euch sind wir so stark und so miteinander verbunden. Eure Wärme für uns und die Enkel ist sehr viel wert und hat sehr viel Schönes gebracht in unserem Leben. Ihr könnt stolz auf euch sein und ich bin froh, dass wir wieder zurück sind, Papa.‹‹

››Weißt du, Stephan. Ich will jetzt erst gar nicht mehr Handwerken, mein Fokus ist jetzt auf euch und den Enkeln. Ich möchte euch genießen, euch spüren, mit euch reden und das alles mit den besten Vorsätzen. Wenn ich jetzt euch habe, dann habe ich schon alles.‹‹

Ich war stolz einen solchen Vater haben zu dürfen und meinte, dass er sicherlich auch seine Geschwister besuchen wolle, alle die ihm nahestehen und -gehen. Er runzelte dabei aufgehorcht die Stirn und gab ein ››genau‹‹ von sich, in der Art wie wir sie schon von ihm kennen. ››Das machen wir morgen, Stephan, okay?‹‹

››Wir überraschen sie alle einfach‹‹, meinte Clara, die ihren Mut nie verloren hat, auch wenn sie zunächst – im letzten Jahr – noch viel Trost und Zuspruch gebraucht hatte, die sie von Isabel und Felix auch zur Genüge erhalten hatte. Ich war froh, dass meine Geschwister schon mehr körperliche und seelische Erfahrungen im Bereich Gefühle aber auch dem denkenden Sprechen gesammelt hatten als ich sie in der kurzen Zeit seit Papas Tod erlangt hatte. Und ich war froh, dass ich von nun an ein kompletter Mensch geworden bin, so, wie ihn sich mein Papa Johannes als seinen Sohn vorstellte.

Ich konnte einfach sehen, wie sich meine Gesprächspartner in ihrer Rede denn fühlten und konnte so mehr zwischen den Zeilen lesen als ich vorher je vermutet hatte. Die Vorstellung, dass ich mit den Menschen um mich herum stumm kommunizieren kann, war bisher utopisch und grausam unvernünftig, und dennoch war es wahr und echt. Ich habe mir diese Sache nie mehr nehmen lassen, auch wenn der Morgen denn auch schon die Gedanken vom Vortag hat vergessen lassen. Diese Sache hier konnte ich einfach nicht von mir wegschieben, weil sie für mich und für alle anderen elementar ist. Immer wieder würde ich den Beweis dafür erhalten, dass Menschen sich ihre Gefühle gegenseitig ablesen können und immer wieder war ich erstaunt darüber, obwohl es mir ins Fleisch gebrannt war, wie das Zeichen eines Farmers auf seinen Rindern in den amerikanischen Westernfilmen.

3

Apropos Fleisch: Es sollte Schweinshaxe zum Mittag geben, als meine Geschwister mit ihren Familien um Punkt zwölf eingetroffen waren, der leichte Schnee, aber vor allem die Kälte draußen ließ alle auf Stiefel zurückgreifen und die Winterjacken waren zu dieser Saison auch schon ausgepackt und zum Einsatz gebracht worden.

»Hmh, es duftet aber sensationell gut, Mama. Ich wette es gibt demnach Schweinshaxe mit Kartoffeln. Leute, jetzt feiern wir eure Wiederkunft«, meinte Felix und streifte seiner Tochter Hermine mit einem Handgriff die Schuhe ab. Nur einen Moment später folgte die Familie Sonnhofen, die aus Manuel, Malte und Isabel bestand und die sich tierisch auf heute gefreut hatte.

Johannes bat alle zum Tisch, früher war es Clara, die immer zu Tisch bat, doch Johannes hatte sich nun mal weiterentwickelt, nicht, dass er es brauchte meiner Meinung nach, aber es war wie es war und wir sollten das Leben nehmen wie es kommt, natürlich nur wenn es gut kommt, ansonsten muss doch mal verändert und verbessert werden.

Johannes schüttete uns sein Herz aus, etwas, das er früher nie getan hatte, was er aber immer wieder zum Ritual machte in diesen Wochen und Monaten.

››Meine Lieben‹‹, sagte Johannes und streckte seinen Arm mit einem Glas alkoholfreien Sekt vor, damit wir anderen mit ihm anstießen. ››Ich verdanke Stephan sehr viel, durch ihn sind wir heute hier.‹‹

››Nein, Papa. Du warst Jahrzehnte für uns da, da trifft es sich gut, wenn ich dir helfen konnte.‹‹

Mutter Clara mischte sich ein und sagte frech:

››In unserer Familie helfen alle einander, das hast du Stephan nie begriffen, niemals hast du Hilfe angeboten aus vollem Herzen, da sollst du dir von Papa eine Menge abschauen.

Ich habe dir auch oft gesagt, du sollst keinen Streit auslösen, deine morgendlichen Eskapaden verärgern uns alle, und obwohl du mehrere Tassen an Kaffee zum Frühstück trinkst, so bist du außerordentlich mies und ungut drauf.‹‹

››Sicherlich‹‹, sagte Johannes. ››Jetzt haben wir es ja schon angesprochen. Clara hat recht, du bist am Morgen unausstehlich und ich habe mir richtig Sorgen um Clara gemacht, weil ich sie mit dir hier alleine gelassen hatte nach meinem Tod. Das ist es noch, was dir fehlt, Stephan. Daran musst du noch viel arbeiten. Wenn du willst helfe ich dir dabei geduldiger und sanftmütiger zu werden. Am Tage hast du das ja schon drauf, aber am frühen Morgen ... ‹‹

Felix lächelte zu Johannes hinüber, presste die Lippen fest aneinander, so als wolle er etwas sagen, das ihm Kummer macht, hielt sich noch einen Moment zurück, schlug dann aber, rhetorisch stark, hinein:

››Unser Stephan war schon ein großer Haudegen, immer war er stur und immer war er grob in der Rede und in der Tat. Ich weiß das sehr gut, denn auch ich habe die eine oder andere Situation hinnehmen müssen, wo ich doch im Recht war und dir dieses Recht abgab, Stephan. Ich sage da nur: Fingerspitzengefühl. Das braucht jeder Mensch, auch du, und das hast du bereits am Abend von Papas Tod erkannt und angewendet. Insofern bin ich zum einen glücklich, dass du Stephan dich schon verändert hast, zum anderen darüber, dass unser Papa Johannes wieder lebt.‹‹

Meine Schwester Isabel hatte etwas auf der Zunge, hatte aber abgewartet, solange, bis Felix geendet hatte. Mit einem enormen Mut wollte auch sie jetzt einmal aus dem Herzen herausplaudern, was denn darin lag.

»Ja ja, Stephan. Du hast dich verändert, das sieht ein jeder, und das schon vor deinem plötzlichen Tod, als du zu Papa gegangen warst. Du hattest ja schon früher geweint, aber jetzt weinst du mit Fug und Recht. Jetzt ist dein Geheule sinnvoll und gut, auch wenn Männer nicht zu oft weinen sollten.«

Isabel sah dabei auf ihren Mann, um mir so zu zeigen, wie unsensibel und somit stark ihr Mann denn ist, und das sollte ich wohl als Beispiel nehmen, worüber ich nachdachte. Ich hatte ja das Geheule bei Niederschlägen deutlich satt, dann, wenn mich zum Beispiel eine Frau verließ. Keine Frau zu haben war da auch eine Lösung. Und bei Fernsehserien zu heulen, ist immer noch – meiner Meinung nach – etwas Gutes und Schönes, etwas das doch Sinn macht.

Mutter Clara stattete den Tisch nun – am Nachmittag – mit Kuchentellern und Kaffeetassen aus und bat uns zum Tische zu kommen, um den Bienenstich einzuverleiben, den sie mit Johannes besorgt hatten. Johannes ließ sich nur sehr schwer von Hermine und Manuel losreißen, hatte er sich doch im neugewonnenen Leben dazu verpflichtet, viel mit den Menschen und Kindern umzugehen. Gesprächig war er schon immer, hinzu kommt eine Beobachtungsgabe, die er benutzt, um die Menschen in seinem Leben noch viel besser einschätzen zu können. Er möchte eben alle so kennenlernen wie sie denn tief im Inneren sind, eine Menschenkenntnis wollte er, wie sie schon Malte sein Eigen nannte. Sehr oft hatte Malte Recht behalten, wenn er seiner Frau Isabel das eine oder andere Wahre über die eine oder andere Person brühwarm erzählte. Sie konnte sich immer selbst ein Bild machen, nachdem Malte sie hingewiesen hatte, und tatsächlich: er hatte Recht. Er hatte auch mit mir Recht gehabt, wenn er mir einen frechen Spruch reingedrückt hat, den ich mir verdient hatte, wenn ich selbst einmal rüde gewesen war.

An diesem Nachmittag aber war Malte wohl hochzufrieden mit mir, weil sein Lächeln auf meine Augen traf und mir den Sonnenschein bescherte, den ich gerne in meinem Gemüt aufnehme, immer wenn er sich abzeichnet.

Malte verlor ein Wort inmitten unserer kleinen Gruppe von neun Personen:

»Es ist gut, dass Ihr beiden wieder da seid, denn der eine oder andere hat euch schon sehr vermisst.«

Isabel rieb sich die Augen, Malte fuhr fort:

»Ihr habt sicherlich viel gelernt nach den Erfahrungen, die Ihr gemacht habt. Ich meine: Der Himmel, die Engel und die neuen Körper. Das kann auch ich gar nicht glauben, muss es aber tun, denn was meine Augen sehen ist die Wahrheit.«

Isabel lehnte sich zu Malte hinüber und legte ihren Kopf auf seine linke Schulter. Links von ihr saß der süße Fratz, Manuel, der das mit ansah und nun seinerseits seinen kleinen, kindlichen Kopf auf ihren Arm legte. Dabei gab er einen lieblichen, schönen Ton von sich, der von nichts anderem als Liebe zeugte. Die Kleinen waren an diesem Nachmittag einfach zuckersüß und sie hatten die Gabe der Empathie, denn ich bemerkte wie Manuel den Stolz in Malte aber auch in Johannes aus ihrem Gesicht herauslas und seinerseits ein Lächeln von höchster Güte aufsetzte. Das brachte wiederum Hermine zum Lachen, die damit ihren Vater und ihre Mutter ansteckte. Die Gruppe hatte – einfach gesagt – einen kollektiven Lachanfall, und ich und Johannes sahen uns dabei an, mit dem gemeinschaftlichen Gedanken, dass wir wegen solcher Situationen wieder hier waren. Das war es, wofür es sich außerordentlich zu leben lohnte. Das war das Leben, das wir vermisst hatten, denn nur zwischen diesen Leuten hatten wir einen derartigen Spaß. Johannes aber verbesserte uns und meinte, sicherlich habe die ganze große Familie einen solchen Sinn zum Spaß und das wollte ich ihm keinesfalls wegnehmen noch verbieten.

Ich nahm mit schnellen Schlucken meinen guten Milchkaffe, Johannes genoss mit langsamen, geduldigen Schlucken den Kaffee und die Gespräche zwischen den Schlucken. Das war eben so seine Art, auch beim Mittagessen zuvor, kam immer mal wieder eine Idee und das Gespräch von Johannes, der sich dadurch schon zur Ikone gemausert hatte, im Kreise seiner ganzen Verwandtschaft.

Johannes ist einfach gut gelaunt, immerzu, und redefleißig, wie ich es niemals werden kann, auch wenn ich schon Fortschritte darin tue.

Nein, so wie mein Papa bin ich nicht, denn sein Selbstbewusstsein hatte nie einen Knick gehabt und wird nie einen solchen erfahren. Mein Selbstbewusstsein aber ist von Hoch- und Talfahrten durchsetzt und das lässt – selbst für mich – zu wünschen übrig.

Felix spürte wie ich still geworden bin. In gesprächigen Momenten wie diesem bin ich verschlossen und das kennt Felix schon. Und so reiht er sich, nach Malte, in die Liste der Redner ein, um keinen Leerlauf zu haben und um mein Gefühl wieder hoch zu puschen:

››Ja, Stephan. Auch ich glaube euch mit allem was ich habe, mit Verstand, Gefühl und Logik und wenn du und Papa mir in den folgenden Tagen noch viel mehr und viel Schöneres von eurer Erfahrung im Himmel berichten könntet, dann wäre ich sehr zufrieden und dann müsste ich nicht mehr zweifeln an all den Geschichten die du – Stephan – uns erzählt hattest über die andere Welt, die Engel und die phantastischen Möglichkeiten und Talenten, die du – aber auch die Himmelsbewohner – dein Eigen nennen.‹‹

Felix hatte hier eine Motivation in mir gestartet und so sprach ich: ››Ich habe schon immer die Wahrheit gesagt, Felix. Habt Ihr wirklich den Ärzten geglaubt, die meine Talente als phantastische, surreale Einbildung durch das Gehirn bezeichnet haben?

Mein Gehirn ist nicht verrückt, es hat sich nur entfaltet und weiterentwickelt. Doch jetzt stehe ich erneut am Anfang, denn irgendwie habe ich jetzt, im zweiten Leben, all diese mystischen Talente wieder verloren, was mir nichts ausmacht, denn schließlich hatte ich diese wundersame Zeit, sie ist abgeschlossen, und ich bin wieder ein normaler Bursche, der hier einfach nur die Schweinshaxe genossen hatte, die auf der Erde einfach sensationell schmeckt.‹‹

Johannes strahlte und fügte an, dass wir im Himmel das Mahl am Tage wie am Abend immer wieder genossen hatten, doch die Schweinshaxe als Mensch zu haben, das sei schon eine regelrechte Hausnummer und das habe er vermisst, wie er auch seine Familie vermisst habe.

Unsere Körper seien menschenähnlich und deshalb kämen die Genüsse am Essen nicht von irgendwo. Man könne uns anfassen und uns drücken und nur die Dichte unserer Körper sei anders als bei allen anderen Menschen.

Felix` Frau Enie kamen diese Worte doch sehr phantastisch rüber und so fragte sie zaghaft und ängstlich nach: ›Johannes. Seid Ihr beiden denn nun Menschen oder was seid Ihr? Das hört sich für mich außerirdisch an.‹‹

Ich nahm das Heft an mich und meinte, dass Johannes eben zu viel Erfahrungen gemacht habe in der anderen Welt und seine Worte seien einfach nur Eskapaden, die er sich immer mal wieder gönne.

Enie runzelte die Stirn, dann aber nickte sie wohlwollend und nett zu mir herüber. Als sie sodann Johannes musternd in die Augen sah, da schmunzelte er über ihren Unverstand, was allerdings nicht ihre Schuld war, denn Johannes und ich hatten einfach außerordentliche Dinge erlebt, die der Enie zu weit entfernt lagen, und die sie nach und nach erst kennenlernen sollte.

Ich fragte mich, ob Felix und Isabel das alles würden bald verstehen können, oder ob auch sie konventionell und nüchtern waren. Kein Wahnsinn? Keine Verrücktheit in ihnen? Das wäre überaus schade für Johannes und mich, und doch hatte ich gestern mit der Wiederkunft und auch heute im Beisammensein schon den Anfang gemacht, gespürt und gesehen, was mich hoffnungsvoll stimmte und mir endlich ein Selbstbewusstsein einbrachte, welches sich Johannes schon lange für mich wünschte.

4

Der Besuch der Verwandten war ja schon von unserem Johannes angedeutet worden und so rief Clara meine Schwester an, sie möge bitte die Oma und sich selbst samt Familie bei den Sonnhofens einladen, auf einen Plausch und eine Tasse Kaffee. Und wenn Berta Sonnhofen dann noch eine ihrer wunderbaren Torten zubereiten könne, dann wäre sie außerordentlich froh. Sie entschuldige sich ja dafür, dass sie sich selbst einlade, aber eine gewisse Überraschung wäre für Berta mit ihrem Mann Rüdiger und Bertas Eltern schon noch drin.

Isabel befürwortete die Einladung und verstand nur zu gut, dass Clara aus mir und Johannes tatsächlich eine große Überraschung machen wollte, denn wer konnte es schon glauben, wenn er es nur hörte und nicht sah. Dass Berta und ihre Familie es sehen und glauben würden, das stand nun nach der Einladung fest, Johannes und ich machten uns ein wenig schick mit der Kleidung und ich gelte mein Haar. Ein paar Tropfen an Parfum waren für alle drin und wir fuhren nach einer Stunde schon ab, in Richtung Wunnenberg.

Als ich das Auto auf einem öffentlichen Parkplatz vor dem Hause der Sonnhofens parkte, machte ich Johannes und Clara darauf aufmerksam, dass Isabels und Maltes Auto neben uns stand, und somit waren sie und Manuel schon auf dem Gelände der Sonnhofens.

Da diese sich immer wieder hinten auf der Terrasse einfanden, so rechneten wir auch heute damit, dass sich alle hinten versammelt hatten. Wir öffneten das kleine Tor, das zur Einfahrt führte und schlichen mit sanften

Schritten und Mut für die Wahrheit zum hinteren Bereich des Geländes.

Johannes sah sogleich Fanny und auch deren Mutter Petra den Manuel streicheln. Als Fanny zunächst Johannes, dann Clara und mich in einer Entfernung von circa fünf Metern erkannt hatte, da staunte sie ungläubig und wusste nichts mit sich anzufangen. Als dann auch Petra auf Johannes reagierte, da wusste dieser mit Sicherheit, dass dies hier kein Traum und keine Phantasie war, denn er zweifelte schon, was kein Wunder war, nachdem man ihn als Engel nicht sehen konnte. Jetzt aber konnten alle ihn sehen, alle Menschen.

Da Johannes weitere Schritte in Richtung der Anwesenden tat, begann Fanny Johannes anzulächeln und ihn vehement anzusprechen: »Ich kann es kaum glauben, Johannes. Ihr beiden seid wieder da, unter den Lebenden, wie die Bibel so schön sagt. Aber wie kann das möglich sein, was allen Menschen der letzten zweitausend Jahren unmöglich war?«

Petra fiel ihr ins Wort: »Du siehst doch, dass es möglich ist, Fanny. Du bist aber auch manchmal komisch. Komm her Johannes und lass dich drücken. Und doch müssen wir offen und ehrlich darüber reden, was hier vorgeht.‹‹

››Kein Problem‹‹, meinte Johannes und ließ sich einen Sitzplatz von Berta zuweisen. Als alle sich unter dem gläsernen Terrassendach versammelt und gesetzt hatten, da erhob sich mein Papa und richtete ganz mutig, wie ich ihn auch kannte, das Wort an Fanny, Petra und die Sonnhofens.

››Soll ich es jetzt erklären, Stephan? Oder willst du?‹‹

Ich hatte aber mein Selbstbewusstsein zuhause gelassen und vermochte es nur noch ihm zuzunicken, mit dem Begehren, er möge sprechen.

Mit tiefer, warmer Stimme erklärte er es so:

››Erst einmal, will ich sagen, dass Ihr uns berühren könnt, wie Ihr euch auch berührt. Wir sind in ein neues Leben hineingedrungen, mit all der Macht und all dem Glauben, den wir da aufbringen konnten. Stephan hat mich darin eingewiesen, die großartige Idee kam von meinem lieben Sohn, der verrückt genug ist, so etwas anzuleiern, uns aus dem Tode ins Leben zu holen.

Ihr könnt mir einen Gefallen tun und mir alles abkaufen, was ich von mir gebe. Es ist einfach und ehrlich gesagt die Realität. Die Erde, aber auch der Himmel sind Realität, auch wenn Stephan und ich die andere Welt, all die Engel, durch diese einzigartige Wiedergeburt nicht mehr erkennen, so wissen wir aber aus der Vergangenheit, aus den letzten Wochen und Monaten, dass wir es nun mal erlebt hatten und weiter daran festhalten. Ihr dürft uns alles fragen, denn der Himmel ist kein Geheimnis mehr für mich und Gott erlaubt uns mit Sicherheit davon zu berichten was wir gesehen haben, ansonsten würde er uns all das, was uns im Himmelreich gekommen ist, vergessen lassen. Aber ich erinnere mich und Stephan tut das ebenso.«

Petra hatte gerade eine Gabel von der Torte aufgenommen, verharrte sodann aber und musste jetzt etwas tun, was auch erlaubt war. Sie schmunzelte, erhob sich und fragte, ob sie denn Johannes einmal fest drücken dürfe, was dieser wiederum bejahte und auch seinerseits bereit war, der Petra in die Arme zu fallen.

»Das ist aber schön, Johannes. Jetzt kann ich ruhigen Gewissens schlafen. Sind denn all die

Geistergeschichten wahr, oder ist da viel hineininterpretiert worden in der Vergangenheit?«

»Ja, ich habe damals Geister auf dem Friedhof wo ich gelegen bin gespürt. Beim ersten Mal hat man noch Angst dabei, aber jetzt können diese Geister mir gar nichts anhaben. Ich stehe einfach über ihnen und lasse mich mit den bösen, dunklen Gestalten gar nicht ein. Soll der Teufel sich mit ihnen beschäftigen. Ich bin da raus aus dem Spiel.«

»Und mein verstorbener Mann Friedhelm? Hast du ihn dort oben im Himmel gesehen?« fragte Petra den Johannes, der zutiefst bereit war ihr eine eloquente Antwort zu geben.

Mein Papa holte sehr weit aus, dann aber kam er doch zum ihr wichtigen Punkt.

»Unserem Friedhelm geht es gut, Petra. Leider hatte ich nicht die Möglichkeit – denn alles ging so schnell – Friedhelm mitzubringen, und jetzt kann ich ihn natürlich nicht sehen.«

Ich verstand, dass ich dies noch weiter intensivieren musste und so fügte ich hinzu:

»Wir sind Mensch geworden und können somit die Seelen der Verstorbenen nicht sehen noch hören. Als wir aber mit deinem lieben

Mann Friedhelm im Himmel zusammenkamen, da wusste ich sofort was du ihm bedeutest, Petra. Er meinte mit allem Nachdruck, dass er dort auf dich wartet, aber er weiß auch, dass du noch weiterleben sollst, mit allen Freuden und mit allem Glück des Lebens.‹‹

Johannes rückte Friedhelm ins rechte Licht als er zur Gruppe meinte: ››Unser Friedhelm ist ein wunderbarer Mann und ich bin mir sicher, dass er immer mal wieder bei uns ist, auch wenn wir ihn jetzt nicht sehen können.‹‹

Isabel schmunzelte über so viel Verstand und sagte:

››Hört mal, wir konnten auch Papa nicht sehen und doch war er immer mit uns, nachdem was Stephan uns berichtet hatte. Wisst Ihr: Manches Mal habe ich Papa gespürt, so als stünde er vor mir, und dies hat mir auch nicht geschadet.‹‹

››Ehrlich?‹‹ wollte Johannes wissen. Und Isabel nickte wohlwollend zu.

Johannes` Blick traf nun auf Manuel und er verriet dem Kleinen nun etwas Großes:

››Manuel. Von nun an – wenn natürlich deine Mama zustimmt – werden wir uns öfters sehen, denn Oma Clara und Stephan sind in Rente und ich bin auch daheim.‹‹

Der quicklebendige Manuel strotzte vor Genie und gab das Wort ›Rente‹ von sich, was seinen Vater Malte sehr überraschte. ››Mein Manuel ist aber schlau. Isabel, sieh nur wie intelligent unser Manuel ist.‹‹

Opa Rüdiger meinte stolz und mit breiter Brust:

››Mein Enkel Manuel ist eben der Beste.‹‹

››Alle Beste‹‹, sagte nun Manuel, der den Wink von Rüdiger nur zu gut verstanden hatte, und das in diesem jungen Alter.

››Alle zusammen‹‹, fügte der Kleine noch an und umarmte seinen Opa Johannes, bei dem er im Schoß saß und dessen Aufmerksamkeit er auf sich zog. Aber auch alle anderen hatten ihre Aufmerksamkeit auf den wunderbaren, königlich wirkenden Manuel gerichtet.‹‹

Rüdigers Frau Berta lächelte und fügte sich geschmeidig in das Gespräch mit ein:

››Dass ich aber so einen guten, schönen Enkel habe, das ist echt ein Segen für uns alle.‹‹

Fanny ergänzte das, vertiefte es und sagte:

»Unser Manuel ist richtig gutaussehend. Er wird alle Herzen im Nu erobern, alle die in seinem Leben aufkommen werden ... «

Petra stimmte mit ein:

»Ja, Fanny. Auch du kannst ihm nicht widerstehen. So viel wie du mit ihm spielst, da hast du ja bei unseren Treffen das Monopol drauf. Der Junge will nur mit dir spielen.«

Unser Manuel war also generell und weitreichend beliebt, denn ein jeder, der ihn ansah, konnte seine Süße im Gesicht ablesen und ein jeder mochte ihn auf Anhieb. Ob es Männer oder Frauen waren, junge oder alte Menschen, jeder liebte Manuel, und dieser nutzte das natürlich aus, nicht zu oft aber doch manches Mal. Wer kann ihm das verübeln, denn so steigerte sich natürlich auch unabdingbar sein Selbstbewusstsein. Auch seine Sprache würde im nächsten Jahr auf Anhieb auf unbegrenzte Höhen schwingen und sein Ausdruck genialer und besser als zuvor. Ich konnte auf Fotos sehr gut diese Veränderung im seinem Ausdruck ersehen, nicht zuletzt, weil seine Mutter Isabel uns später Kalender von ihm aus jedem Jahr schenkte.

Als Isabel sich ein Stückchen ihres Kuchens mit der Gabel abtrennte, lief dem Manuel offensichtlich der Sabber den Mund herunter. Dann aber geschah etwas Wunderbares, denn Manuel sah Isabel in die Augen, dann sah er zum Kuchen, und schwenkte seinen rechten Zeigefinger, um zu demonstrieren, dass er Süßes noch nicht essen durfte. ››Was für ein toller Bube‹‹, meinte Berta. ››Dass er schon so viel weiß, das kann ich einfach nicht begreifen. Manuel, woher weißt du denn, dass du keinen Kuchen essen sollst?‹‹

››Mama‹‹, rief Manuel zu Isabel, die ihn beruhigte:

››Nein, Manuel, du musst dazu nicht antworten. Oma Berta ist nur neugierig, woher du das alles schon weißt. Du bist aber schlau.‹‹

Manuel: ››Manuel schlau.‹‹

Sein Vater Malte grinste aus lauter Stolz und mit einer großen Zuneigung zu seinem Sohn.

Johannes traf etwas tief ins Herz hinein. Irgendetwas hatte ihn gerade geweckt und gerührt, und er brachte seine Gedanken in die Rede:

››Wenn mein Enkel Manuel denn so schlau ist, dann werde ich ihm doch noch das Handwerk beibringen, wenn er etwas größer sein wird. Ich habe hoffentlich viel Zeit ... was sagst du, Manuel? Werden wir etwas zusammen bauen?‹‹ Manuel schein eine Menge zu verstehen, darauf eloquent zu antworten war allerdings in diesem Alter schon noch zu schwer und so sprach Manuels Mutter Isabel:

››Also ich habe gar nichts dagegen, wenn der Manuel handwerklich was draufhätte, solche Leute braucht man immer, denn in der Wohnung oder in einem Haus ist immer was zu tun.‹‹

››Oh, ja. Da sagst du etwas Isabel‹‹, meinte Johannes und war stolz über den Gang des Gesprächs. ››Gott sei Dank habe ich noch das Interesse daran. Wäre schön, wenn ich mich darin noch auskennen sollte, schließlich bin ich ein neuer Mensch.‹‹

››Nein, nein, Papa‹‹, meinte ich brüsk. ››Du bist kein neuer Mensch nur weil wir durch eine Wand ins Wohnzimmer und in ein weiteres Leben gewandelt sind. Eine richtige Wiedergeburt ist etwas Anderes. Bei der allgemeingültigen Wiedergeburt tritt ein Engel in den Körper einer Frau, verliert dabei seine Erinnerung und wird praktisch neugeboren, als

Baby und als neuer Mensch. Doch wir beiden sind das nicht. Nein, Papa. Wir sind immer noch im Bewusstsein unseres alten Lebens. Du erinnerst dich doch an früher?«

»Klar erinnere ich mich noch.«

Berta wollte etwas Praktisches in Erfahrung bringen und fragte uns:

»Müsst Ihr euch denn jetzt neu anmelden im Rathaus, oder benutzt Ihr einfach eure alten Ausweise weiter?«

Ihr Mann Rüdiger fand das sehr bizarr und fuhr seine Frau im intelligenten Ton an:

»Ja, Berta. Woher wissen die beiden das jetzt schon? Johannes wird sich schon erkundigen, nicht wahr? Gesetzlich ist das wohl sehr makaber, denn solch einen Fall gibt es mit Sicherheit im Gesetz nicht, also werdet Ihr beiden vielleicht auch nichts herausfinden«.

Petra wollte ihrem Bruder Rüdiger und uns allen noch einen Abschluss des Themas schenken und so sprach sie:

»Der Johannes macht das schon. Er kennt sich ja in allen Dingen hier auf der Erde aus, und mit Sicherheit jetzt auch noch mit Sachen im Himmel.«

Ich wollte meinen Gedanken dazu aufführen:

»Wir werden allen Verwandten Bescheid geben, dass wir zurück sind, allen die uns im Sarg aufgebahrt gesehen haben. Vielleicht kommen wir auch so durch, ohne Bürokratie vom Staat und ohne Skandale. Was wir beiden jetzt brauchen ist die Familie und die Verwandten und Freunde. Wir leben jetzt mit euch, darauf hat Papa schon hingedeutet. Wir verbringen viel Zeit mit euch, wenn Ihr nichts dagegen habt.«

Rüdiger: »Nein, nein. Ich habe nichts dagegen, schließlich seid Ihr gute Leute.«

Berta erhöhte den Einsatz: »Ihr seid sogar sehr, sehr gute Leute.«

Ich sprach: »Darauf trinken wir.« Ich erhob meinen Kaffee und stieß mit allen nacheinander an, Johannes tat das Gleiche, und dabei traf sein Blick auf einen jeden in dieser Gemeinschaft. Er wusste alle zu würdigen und zu ehren. Als Engel hatte er sich weiterentwickelt, obwohl er schon zu frühen Lebzeiten ein menschlicher Engel für uns alle gewesen ist. Er schätzte die Gemeinschaft und irgendwie schaffte er es, dass alle in seiner Nähe nur Gutes und Schönes redeten. Sie alle waren von ihm angesteckt worden, von seiner

Freude und seiner Geduld und Gutmütigkeit.
Ich wusste, dass er das konnte, hatte schon vor
Monaten erkannt, dass er an Gott glaubte, da er
ihn ja ab dem Tod sehen und spüren konnte,
was früher als Mensch undenkbar für ihn war.
Ich spürte, dass er seine Gutmütigkeit und
seine Geduld verstärkt hatte und diese Dinge
nun einsetzte zum Wohle aller in der
Verwandtschaft.

Ich hingegen blieb, auch jetzt noch, deutlich
hinter Johannes zurück. Wer kann schon
Johannes überholen oder überbieten? Keiner
kann das, besonders jetzt nicht, nachdem
dieser auch Erfahrung mit der anderen Welt
gemacht hatte. Johannes war mir einfach
überlegen, weil er ein richtiger Mann ist und
ich bin zum Teil ein Junge geblieben, obwohl
man so schön sagt, man solle doch jung im
Herzen bleiben. Und auch wenn ich dieses
Sprichwort kenne, so möchte ich sicherlich
noch stärker sein, doch was kann man schon
gegen seinen Charakter und mit den Einflüssen
machen. Mein Ziel aber – ein Schriftsteller zu
werden – musste nicht darunter leiden, auch
wenn ich erst noch einen Vertrag im
Selbstverlag mein Eigen nennen durfte. Ich

wollte mich peu á peu hocharbeiten und daran festhalten, solange, bis der große Erfolg käme.

Als der süße Manuel Opa Johannes anblickte und sah wie wunderbar warm dessen Ausstrahlung denn war, da sagte der Kleine unvermittelt in die Runde: ››Opa lieb.‹‹

Johannes hatte sein zufriedenes Gesicht aufgesetzt und drückte den Kleinen mit seinen warmen, kuscheligen Händen. ››Mein Platinschatz, Manuel. Wenn ich dich nicht hätte, dann wäre mein Leben nur halb so viel wert. Durch dich habe ich den Mut erlangt bei euch sein zu wollen, dein Dasein hat mich zurückgeholt, denn in deinem Herzen hast du mich, deinen Opa, vermisst. Ich habe dir gefehlt, das habe ich gespürt, mein Lieber. Und du hast mir sehr gefehlt. Ich wollte schon aufgeben mich nach dir zu sehnen, doch jetzt darf ich deine Entwicklung verfolgen und ich darf dich lieben und berühren, wie ein richtiger Mensch.‹‹

Rüdiger sprach: ››Johannes, seid Ihr denn keine Menschen mehr? Habe ich das richtig verstanden? Ihr seid also noch immer Engel, oder? Ich meine, ich würde dir das echt glauben, nachdem was hier passiert ist, nachdem du und Stephan wieder erschienen seid.«

Ich tat das mit einer wegwerfenden Handbewegung ab, sicherlich waren wir ganz anders, fühlten uns nicht wie Menschen an, aber Engel, das waren wir auch nicht. Ich wusste das alles mit außerordentlich genauer Sicherheit, und das würde ich in Zukunft auch jedem anvertrauen, jedem der mein Vertrauen hat und mich um Erklärungen bitten wird.

Johannes hatte natürlich nicht unrecht, denn wir fühlten unsere Körper anders als wir sie im Menschdasein gespürt hatten. Jede Berührung, aber auch das Wohlbefinden, waren anderes und speziell. Die Wärme die Johannes nun hier abgab war stärker als die Wärme, die er als Mensch im ersten Leben abgegeben hatte, und diese war schon eine richtig kräftige Wärme.

Und hier entdeckte ich etwas in Manuel, ich spürte im Hier und Jetzt seine Wärme, und das verband ihn auch mit seinem Opa Johannes. Das verband auch schon zuvor Johannes und seine Tochter Isabel. Ich liebe Menschen mit einer Wärme auf dem Gesicht und in den

Bewegungen. Menschen, die warme Worte finden und mutige, kräftige Taten hervorbringen. Ich liebe Menschen, die offen und ehrlich sind, und die mich niemals hintergehen oder verraten würden. Solch ein Mensch ist Johannes, solche Menschen sind auch Isabel und Manuel, soweit man das bei dem kleinen, süßen Fratz schon sagen kann.

Nein, rief ich mir gerade in Gedanken. Mein Manuel wird nicht über mich lästern, wie schon von Johannes keine Lästereien über mich gekommen waren. Manuel rief deshalb auch in mir eine solche Gerechtigkeit auf den Tagesplan, eine Gerechtigkeit, der ich mich von da an verschrieb, wie sie Johannes und Clara jahrzehntelang in ihrer Ehe und mit uns Kindern fabrizierten.

»Deine Orangentorte schmeckt echt lecker«, meinte Isabel an Berta gerichtet. Berta schmunzelte und war sehr froh darüber, dass sie unseren Geschmack getroffen hatte und so nickte ich der Berta zu, um ihr auch mein Wohlwollen bezüglich der Torte beizubringen. Rüdiger schien sehr stolz auf Berta zu sein, als er sprach:

»Meine Frau kann aber auch alles. Hörst du Berta, bist eben mein Schatz.«

»Oh, oh«, meinte Petra. »Da hast du dich mal so richtig offenbart, Rüdiger. Solche Worte kommen sonst nie von dir. Was ist dir denn über die Leber gelaufen?«

»Ich darf doch mal meine Frau loben, wenn sie eine tolle Torte backt. Würdest *du* das so hinbekommen?«

Petra konterte mit einer Selbstsicherheit und sprach:

»Na dann lass mich erst mal davon kosten.«

So biss Petra in ein Stückchen von der Orangentorte, hob ihr Kinn und lächelte über beide Ohren. »Wirklich. Die ist sehr gut.«

Bertas Torten waren seit Jahren unter der Verwandtschaft legendär und heißgeliebt. Sie gab sich dem ganz hin, war stolz auf ihre Werke, und wenn man sah wie gut das alles schmeckte, dann musste ein jeder sagen, dass Berta ein Talent hatte, kräftigen oder schönen Geschmack hervorzuzaubern, der unseren Gaumen ein Fest darbot.

Rüdiger war erfreut darüber, dass Petra die Torte gefiel, alle Frauen in der Gruppe an diesem Tag zu dieser Stunde lobten Berta für ihr Können, und für ihre Ausdauer beim Backen in all den Jahren.

Berta sah sich in der Runde unseren Johannes an und bemerkte:
»Schmeckt sie dir denn nicht, Johannes?«
Johannes presste die Lippen zusammen, nahm einen Schluck Kaffee und bot ihr die Wahrheit an:
»Ich mag Torten nicht besonders. Kuchen esse ich viel lieber.«
Berta war erstaunt, hätte sie das gewusst, meinte sie, dann hätte sie ihm gleich vom Kuchen – den sie auch gebacken hatte – in den Kuchenteller gelegt. Dass Johannes nicht gleich was gesagt habe. Und so nahm sie dem Johannes den Teller mit der Torte wieder weg, schnitt ein Stück vom Schokoladenkuchen ab, legte dieses Stück in einen frischen Teller und übergab diesen unserem Johannes, der erfreut und zufrieden sogleich ein Stückchen mit der Gabel abtrennte und sich diesen Happen in den Mund schob, und ihn sich einverleibte. Dabei sah man ihm den Genuss deutlich vom frischen Gesicht ab, es war als träume er vor

sich hin und keiner machte Anstalten ihn aus diesem Traum zu entreißen.

Manuel war hocherfreut Johannes derartig wunderbar spüren zu dürfen, als er noch immer auf dessen Schoß saß und gerade versuchte, eine Tasse Milch aufzunehmen und ein paar Schlucke zu trinken. Dabei ging Manuel recht vorsichtig vor, nicht zuletzt half ihm Johannes dabei und stützte mit seinem Zeigefinger die Tasse mit der Milch. Als Manuel den ersten Schluck nahm, tat er so wie schon zuvor sein Opa Johannes. Er grinste und stöhnte, dann schmatzte er und lehnte sich – nachdem er mit Opa die Tasse zurück auf den Tisch stellte – gegen Opa Johannes` Bauch und Brust.

Um den Jungen noch mehr spüren zu können, legte Johannes seine Finger auf den Bauch von Manuel und bezeugte zudem auch seine große Liebe zu dem braven Bengel.

»Mein Manuel wird mich doch morgen früh besuchen kommen, oder? Habt Ihr Zeit, Isabel?«

Isabel nickte wohlwollend und zufrieden, sodann sah sie einen Gedanken und dann Worte von Johannes aufkommen:

»Wir könnten doch jetzt noch zu Theresa auf den Garten fahren. Ich möchte mich bei ihr melden.«

Isabel meinte: »Oh, da freue ich mich schon auf die Reaktion ... natürlich nur, wenn wir mitfahren dürfen, Papa.«

Johannes war zufrieden, dass Isabel denn solch ein Interesse an seiner lieben Schwester Theresa hatte und so bejahte er das mit einer enormen Freude und einer Genugtuung. Er wollte jetzt Theresa besuchen fahren, und wir machten uns somit mit zwei Fahrzeugen auf, und peilten den Garten, einige Nachbarorte weit, an.

5

Als Johannes das kleine Tor des Gartens aufdrückte und aufs Grundstück trat, folgten wir ihm und ich sah sogleich Theresa herüberschauen, die das Quietschen des Tores nicht überhört hatte. Johannes` Schwester Theresa überfiel nach meiner Ansicht eine Art Ohnmacht, obwohl sie noch Farbe im Gesicht hatte. Dennoch war sie außerordentlich überrascht und ich dachte mir, die Sensation ist perfekt.

Hinter Theresa saßen ihr Mann Igor und ihre Tochter Helen mit Ehemann Michael und den beiden Jungs. Als auch Clara und Isabel, Malte und Manuel und zum Schluss auch ich das Gartenstück sanft und vorsichtig betraten – da rannte Theresa herbei, um ihren lieben, zurückgewonnenen Bruder Johannes in die Arme zu fallen, ihm einen Kuss auf die Lippen aufzudrücken, ihn kräftig den Oberkörper zu drücken, und seine kuschelige Wärme zu spüren.

Johannes war entzückt über ihre markante, liebevolle Reaktion und meinte, es sei schön seine Schwester wieder zu haben, wieder körperlich teilnehmen zu dürfen an ihrem Leben und an dem ihrer Familie. Theresa hatte eine wunderbarwarme Ausstrahlung, relativ kurzes und braunes Haar und war groß gebaut. Ihre Aufmerksamkeit war ganz auf Johannes gerichtet und trotzdem hatte sie auch meine Anwesenheit deutlich bemerkt und reimte sich so wohl unsere Geschichte zusammen. Sie tat sich hier als Gläubige hervor, denn sie glaubte was sie sah und sie sah Johannes und mich, wo wir doch vor mehreren Wochen noch in den Fängen des ewigen Himmels lagen und uns des wunderschönen Lichtes da oben gewahr waren und dieses Licht auch zu schätzen und zu genießen wussten.

Theresa nahm das Gespräch in die Hand und meinte: ››Mein Gott. Ihr seid ja zurück. Johannes, wie ist das möglich? Wie habt ihr einen Weg gefunden wieder hier bei uns zu sein? Ihr wart doch offenbar tot, lagt mit kalten Körpern im Bestattungsunternehmen. Sind denn all die Märchen, die wir als Kinder, aber auch als Erwachsene gelernt und gehört haben wahr und echt?‹‹

Johannes nahm als erster Platz, nachdem Helen uns mehrere solche Plätze angeboten hatte. Als dann alle Anwesenden fromm und freudig gestimmt saßen, da begann Johannes aufzuzählen und zu erklären was ihn und mich denn überkommen hatte in den letzten Monaten.

››Stephan und ich waren also im Himmel, so wie man davon weiß, obwohl da noch viel mehr darin steckt als all die Märchen uns gelehrt haben. Ich habe ja an all den Hokuspokus nicht geglaubt, jetzt aber, nachdem Stephan und ich diese ganzen großen, sensationellen Erfahrungen gemacht haben, muss ich euch sagen: ja, vieles was man von der anderen Welt hört ist real und echt. Unser Stephan hier hat uns schon früher berichtet und ich Dummkopf habe ihm nicht geglaubt. Jetzt liegt es an euch uns Glauben zu schenken oder auch nicht, allerdings sage ich euch, dass Ihr uns ja sehen und spüren könnt. Hier, Theresa. Fasse mich nochmal an und spüre meinen neuen Körper, den ich erlangt habe, nachdem Stephan und ich uns aus dem Tode zurück ins Leben gedrängt haben.«

Theresa musste nicht mehr zufassen, meinte, sie glaube ihrem Johannes auf jeden Fall, alles was er denn sagt und tut. Sie waren seelisch gesehen vereinigt und sich gleich, waren sich ähnlich im Gemüt und im Fleiß. Ja, wir sind Deutsche, obwohl wir in der Sowjetunion geboren wurden. Ich sage aber immer wieder, wir wären deutscher als die hier geborenen Deutschen und davon rücke ich nie mehr wieder ab. Meine Wahrheit ist echt, gelegentliche Halluzinationen gehören auch zur Wahrheit, doch diese gilt es auszuschließen und wegzudenken. Ich bin mir bewusst, dass meine seelische Krankheit mir früher auch Visionen gezeigt hatte, die vom Teufel und seiner Bande stammten, jetzt aber waren die Halluzinationen in meinem Leben eine Vergangenheit, derer ich mich durch das neue Leben entledigt hatte.

Es war als hatte sich meine Seele deutlich gereinigt und erneuert, und all die Phantasien, die in mir geschlummert hatten, haben sich aufgelöst. Keine Geister und Engel mehr, keine Konversation mit Gott mehr, all das war verschwunden, allerdings war nicht auszuschließen, dass ich erneut in die Falle tappen könnte. Auch wenn es eine Falle ist, so muss ich auch sagen, dass die andere Welt, die Welt der Engel und des Himmels, eben auch eine Faszination – und das nicht nur für mich – darstellt. Sieht man all die Drogenkonsumenten, so weiß man worauf ich hinaus möchte. Meine Drogen aber waren verschiedene Techniken, die ich mit meiner Psyche begonnen und weitergeführt hatte. Techniken, mit denen ich vielleicht zu weit gegangen war. Aber ich hatte meinen Spaß gehabt, war aber jetzt und hier auch froh wieder gesund weiterleben und existieren zu dürfen.

Theresa erhob sich und bot uns allen an:

»Ich habe gerade Kaffee aufgesetzt, er müsste auch schon fertig sein. Helen, hilfst du mir kurz dabei?«

Auch Helen erhob sich, um der Mutter zur Hand zu gehen, und schon einen Augenblick später brachte Theresa schon eine Thermoskanne mit Kaffee. Helen hatte eine Packung Milch in der Hand und sprach: »Manuel möchte bestimmt Milch trinken, oder Isabel?«

Isabel nickte und besah sich Manuel, der schon heiß auf die Milch zu sein schien. Als Helen ihm eine kleine Tasse davon gab, da strahlte der Kleine und trank begierig davon. Theresa war schon damit beschäftigt den Erwachsenen vom Kaffee einzugießen, als ihr etwas auffiel, worauf wir anderen gar nicht gekommen sind. »Sag mal, Johannes« fragte sie. »Du rauchst auch gar nicht mehr. Ich sehe keine Packung Zigaretten in deiner Hemdtasche. Sag bloß du hast das Rauchen aufgegeben. Ist ja auch viel gesünder.«

Johannes schmunzelte und meinte, ja, es sei ja viel gesünder und man fühle sich auch besser ohne diese verfluchten Zigaretten. Das habe er nun verstanden und er sei froh, dass sein neuer Körper nicht mehr nach Nikotin ziehe.

Igor, der Johannes am nächsten saß, klopfte dem verklärten Nichtraucher geflissentlich auf die Schulter und grinste außerordentlich nett.

So viele Jahre war Johannes den Zigaretten kläglich unterlegen, laut der Ärzte hatte der Nikotingebrauch ihm einen Krebs eingebracht, was wir als Familie stets bestritten hatten. Er sollte so leben wie er es denn wollte: mit Zigaretten. Doch jetzt war alles anders geworden, er hatte dem abgeschworen und so konnte er diese Sucht vergessen. Ich hingegen hatte *meine* Sucht, die für Süßigkeiten verloren, dennoch musste ich nun das Übergewicht, das ich von früher noch auf dem Leib hatte, langsam aber sicher runterschrauben, was ich mir mit aller Gewalt auch vornahm.

Johannes und meine Sucht aber war nun der kleine Manuel, der süße Braunschopf, der eine zarte Haut und eine wundervolle Ausstrahlung sein Eigen nenne durfte. Das war ihm quasi in die Wiege gelegt worden.

Manuel ist ein Geschöpf Gottes, welches dieser wohl an einem Sonntag geschaffen hatte, mit all den schönen, zarten Anwandlungen. Er ist einfach ein Spatz.

Theresa eilte nun herbei, dabei hatte sie etwas in der rechten Hand und sprach:

»Schaut mal. Ich habe eine Mandarinentorte gebacken, die mögt Ihr doch alle, oder?«

Helen erkannte die Lage und fügte hinzu:

»Gut, der Kleine wird wohl nicht schon Torte essen, aber Mama: du hast doch noch zwei Bretzel gekauft.«

Jetzt war es Helen, die in die Hütte eilte, um dem Manuel eine Brezel herbeizubringen, die er mit großer Freude und einem genüsslichen Blick annahm. Plötzlich tunkte er die Bretzel in die Milch, holte sie wieder hervor und biss mit der mächtigen Kraft seines Gebisses hinein, um sodann in die Runde zu strahlen und bei Johannes mit Schlitzaugen zu verharren.

Ich wunderte mich, dass er solch ein Verhalten mit der Brezel anwandte, fragte Isabel woher er das Tunken denn habe. Sie wisse es nicht, irgendwoher habe er es schon.

Da erzählte ich den Versammelten meine Vermutung, was Verhalten und Gene anbelangt.

››Der Kleine, wie auch wir alle, haben Gene vererbt bekommen, aber unser Verhalten beruht nicht nur auf diesen Genen, denn wir verändern durch alle möglichen Einflüsse unser Verhalten. Ich bin der Meinung, dass unser verändertes Verhalten ebenso die Gene beeinflusst, sodass wir in unserem Leben Gene an unseren Nachwuchs weitergeben, die sich schon verändert haben mit den Jahren. Ich hoffe Ihr versteht mich ... ‹‹

Theresa unterstrich meine These loyal:

››Gewiss verstehen wir das, Stephan. Du könntest sogar recht haben damit, denn das zweite Kind ist doch immer anders als das erste. Unsere Gene verändern sich im Lauf des Lebens und wir geben sie an unseren Nachwuchs nach dem jeweiligen Stand weiter.‹‹

Johannes erkannte sich in Manuel wieder und so bekräftigte er meine These, denn Manuel habe wohl von Johannes` Genen aber auch von seinem Verhalten etwas abbekommen.

Ich pflichtete Johannes bei, ja, Manuel sei schon dem Johannes wie aus dem Gesicht geschnitten, und doch werde sich sein Gesicht noch mit Sicherheit verändern. Das wüsste ich, da ich es bereits beim anderen Enkel, bei Hermine, offensichtlich festgestellt hatte.

Clara resümierte und beendete das Thema mit folgenden wahren Worten:

››Klar. Kinder verändern sich nun mal stärker als wir Erwachsenen, das ist schon sicher. Und alle lassen sich von Freunden beeinflussen, was wiederum die Mama und die Oma auf den Plan ruft, die wir schon schauen müssen, mit welchen Kindern sich unsere Enkel beschäftigen. Freche Gören und schlimme Jungs können wir nicht gebrauchen, nicht wahr Isabel?‹‹

Isabel hatte noch das letzte Wort und sie versprach, sie passe schon sehr gut auf ihren kleinen Manuel auf, der aber wohl schon noch ein Gefühl dafür entwickle, wer gut und wer schlecht für ihn ist. So wie Manuel an Johannes hänge, bestätige das ihre Vermutung, denn Johannes sei nun mal der beste Opa, der allerbeste Vater und der loyalste Ehemann, den man sich vorstellen könne.

6

Ich bemerkte stark wie sanft und weich, wie warm und schön Johannes in dieser Runde unter Theresas Pergola sprach. Und plötzlich sah ich ihn und erkannte in ihm den neuen Stephan. Es musste sich also so begeben haben, dass ich mich in Richtung Johannes verändert hatte, was ich schon wusste – laut verschiedenen Gefühlen in meinem Leben, mit denen ich mich wie Johannes anfühlte. Ich sah ihn und ich sah mich selbst und beides hatte mir sehr gut gefallen.

Weil ich aber gerade schon dabei war, so sah ich mir auch die schöne Theresa an, und auch sie war dem Johannes zum einen wie aus dem Gesicht geschnitten, zum anderen hatte sie eine ähnliche Ausstrahlung wie mein Papa und das musste ich ihr mal als Lob entgegenbringen. So sagte ich ihr was ich eben gedacht und gesehen, gefühlt und erkannt hatte und sie grinste wunderschön und warmherzig, so, wie ich sie eben schon lange kannte.

»Weißt du Stephan«, sagte Theresa. »Sicher sind dein Papa und ich uns sehr ähnlich. Ich mag seinen Charakter wie er meinen mag. Er ist mir einfach der Liebste unter allen.«

Johannes war gerührt, seine Unterlippe zitterte und seine Augen verrieten viel Liebe. Theresa fügte diesem Reigen hinzu:

»Weißt du noch, Johannes. Als wir diese Tour mit dem Zug von Moldawien bis nach Sibirien gemacht haben, mit all den Gläsern voller Obst, die uns gefroren waren wie deine Zehen dir als Kind gefroren sind.«

»Das weiß ich noch gut. Das war ja ein richtiges Abenteuer und jetzt haben wir *dieses* Abenteuer. Wir alle, die wir hier sitzen, mögen uns Treffen, Reden und Kaffeetrinken...«

Theresa unterbrach ihn fürsorglich:

»Oh, Johannes. Willst du was Stärkeres trinken? Wir haben auch Alkohol hier.«

Johannes gab zu verstehen, dass er nur noch selten und wenn, dann nur wenig Alkohol zu sich nahm, was die Theresa überaus freute.

»Ihr seht auch beide sehr gut aus, du und Stephan. Sag mal, Stephan. Du hast doch sicherlich noch deine Krankheit, die Schizophrenie, oder? Du hast auch früher noch sehr viele Medikamente eingenommen, das weiß ich noch sehr gut. Ständig hattest du was genommen und jetzt gar nicht mehr? Da hat sich doch etwas verändert.‹‹

››Sicherlich, Tante Theresa. Ich kann dir das sehr gut erklären, weil man mich im Himmel, aber auch schon zuvor auf der Erde in Gottesdiensten aufgeklärt hatte. Es ist nun mal so, dass Gott bei unserem Tode aus unseren Körpern neue Körper schafft, solche, die gesund und munter sind, die praktisch einen Neuanfang darstellen. Mit diesen neuen, für Menschen unsichtbaren Körpern gelangen wir dann in den Himmel. Ich habe mit meinem Tode die Krankheit abgelegt, weil Gott mir einen frischen Körper gegeben hat. Ich nehme keine Medikamente mehr ein und fühle mich sehr gut, menschlich und gesund.‹‹

Theresa beteuerte mit Freude, dass sie überaus angetan ist an Johannes und meiner Art und ich gab ihr das Lob prompt und herzlich zurück, so wie man es in der Familie nun mal tun sollte.

››Wärme, Liebe, das ist es was eine Familie – auch in weitem Sinne – ausmacht. Jedes Glied in der Familie sollte mit jedem anderen Glied zusammenfinden, zusammen reden und sich harmonisch miteinander geben. Wenn das mit der weiten Familie, also mit der Verwandtschaft weitgehend nicht möglich ist, wo ist es denn dann nur möglich und wo kann man sonst Seelenverwandte finden, die sich in einer Form austauschen, wie man sie nur unter Engeln kennt. Und ich weiß wovon ich rede.‹‹

Theresas Tochter Helen, die sich bislang sehr zurückhielt, stellte nun Nachforschungen an, denn sie wollte das Offensichtliche, das ihr in ihrem Leben fern war, nun doch in Erfahrung bringen, und das war nun mal das Leben nach dem Tode. Helen hatte ihren beiden Jungs die Dinge im Himmel nicht erklären können, und so tat sie solche Geschichten ab. Keiner könne sagen was nach dem Tode, der uns alle ereilt, geschehen werde. Das war ihre Art und Weise, das abzutun, was sie nicht sehen konnte. Diese Form der Zurückhaltung was das Jenseits anbelangt, zog sich durch die halbe Familie durch. Damals, zu Zeiten der Sowjetunion war die Religion im Stillen und Geheimen ausgeübt worden, weil sie in dem Kommunistischen Staat durchweg verboten war.

Wie also konnte man da glauben, wenn man die Geschichten der Bibel nicht kannte und sich so keine Bilder und Vorstellungen machen konnte? Die meisten Russlanddeutschen liebten das Leben. Sie nahmen es so an, wie es in diesem Staat damals eben zuging. Man war zwar arm, aber man half sich untereinander aus, feierte viel und gut, und man arbeitete fleißig und gekonnt.

Die Häuser der Deutschen in der Sowjetunion fielen, im Vergleich zu den Russischen, positiv auf. Es war Ordnung da und Disziplin.

Das Leben war auch ohne Gott gut, man lächelte über die alten Leute, die Zeichen und Wunder sahen, wo erfahrungsgemäß keine waren, doch die Jungen hatten noch nicht alles verstanden, und würden sie alt werden, dann hätten wohl auch sie an verborgenen Gottesdiensten und an Gesprächen über reale Zeichen teilgenommen.

Helen begann ihre Fragen folgendermaßen:

»Stephan, du bist wohl derjenige, der mir am meisten berichten kann, was denn nun nach dem Tod passieren wird. Ich kann immer noch kaum glauben, dass Ihr wieder da seid, und ihr seht auch so aus, wie Ihr denn im Leben zuvor ausgesehen habt. Dann geht es weiter nach dem Tode und wie schlimm ist denn der Tod überhaupt? Wie fühlt man sich dabei?‹‹

Ich kenne Helen und ihren Mann Michael als ausgewogene Charaktere, die Ihre Unterhaltungen mit viel Gefühl, aber auch mit einer Menge Intelligenz führen, beide tun das. Wie auch immer ich Michael schon angesprochen hatte, so bewahrte er stets die Ruhe, obwohl manches Mal ein Sturm meinetwegen aufgekommen war. Meine Art früher war einfach zu stur und zu grob, und wie sich Michael aber auch viele andere dabei herausgerissen hatten, das weiß ich nicht.

Wie schwer ist es allen gefallen sich mir und meiner Art herauszuwinden, drüberzustehen, was auch immer ich sagte?

Nun aber sprach ich gefühlvoll, zärtlich, aber auch intelligent. Die Antworten auf Helens tolle Fragen aber überließ ich mit einem Kopfnicken meinem Vater Johannes, der sofort zu antworten wusste.

››Ja, Helen. Wir sehen aus wie wir gegangen waren, denn das Leben geht nach dem Tod weiter. Das hast du nicht gewusst, ich selbst habe nie damit gerechnet, dass es so kommt.

Aber es ist die Wahrheit und die möchte ich euch tatsächlich nicht verheimlichen.‹‹

In dieser Minute verstand ich die Lage, fühlte, dass es nun an mir war, Helen den Rest beizubringen, ihr das zu zeigen was sie denn wissen wollte. Und das tat ich, indem ich versuchte die leichtesten Worte anzubringen.

››Der Tod ist zunächst mit Angst verbunden, so ist es bei jedem. Wenn man aber schon so stark leidet, wie es unser Johannes denn tat, da sehnt man sich nach dem Tode und man versucht herauszufinden, wie der Tod funktioniert, damit man hinübergehen kann. Der Versuch im Leid oder in der Gebrechlichkeit zu sterben, bringt danach meistens die Erkenntnis, wie man dabei fühlen muss um seine Seele aus dem Körper zu bringen. Der Akt, dann, wenn die Seele gerade aus dem sterbenden Körper aufschwebt, dieser Moment ist sehr schön, leicht, gar nicht qualvoll. Es ist bei vielen eine Erleichterung und eine Belohnung nach einem produktiven Leben. Die andere Ebene fühlt sich anders an, als Menschen diese Ebene spüren. Leicht und beseelt sind wir nach dem Tod, die andere Ebene ist auch schon hier auf der Erde vorhanden, anders aber als die

Menschen sie sehen, wirkt die andere Ebene für die Engel hell und wunderschön.‹‹

Tante Theresa sah wie beseelt drein. Ich spürte, dass sie mir glaubte, auch wenn Helen noch ungläubig und Michael gefasst wirkten. Igor hatte alles verstanden, aber ob er es annahm, das ließ er nicht durchscheinen.

Theresa meinte dann, das alles sei wie ein Phantasiefilm, den sie gerade vor sich ablaufen sehe und sie spüre auch irgendwie Gottes Anwesenheit und dessen Größe, die ihm schon seit Tausenden von Jahren nachgesagt wird.

Tante Theresa war jetzt auf Johannes` Wellenlänge, sie hatte ihn beobachtet und wand nun seine Art für sich an. Nur deshalb konnte sie dies alles hier glauben, das, was Johannes und ich sagten. Nur deshalb fühlte sie jetzt wie ich und mein Papa uns in unserem Inneren fühlten.

Tante Theresa sagte voller Zuversicht zu ihrem lieben Bruder Johannes, sie würde ihm alles glauben was er denn sage, und alle verstummten. Nur Manuel gab ein ››ah‹‹ von sich, denn er sah weitere Besucher auf dem Gartengrundstück herbeikommen. Helen erkannte wo der Kleine denn hinsah, mit seiner

Intelligenz und seinem Bewusstsein und sprach:

››Ah, Ihr seid es.‹‹

7

Helens Schwester kam mit Mann und Sohn. Ihr Mann meinte sehr erstaunt an Johannes gerichtet: ››Meine Güte, Johannes. Wie kann das denn nur sein? Wie seid Ihr beiden da wieder herausgekommen?‹‹

››Frank‹‹, sagte nun Johannes und freute sich über beide Ohren, denn er und Frank hatten sich eine gute Freundschaft aufgebaut, die nun der Prüfung unterlag. Als aber Frank dem Johannes eine kumpelhafte Umarmung gab, da waren sie wieder ein Herz und eine Seele, noch mehr als schon zuvor, vor dem Tode Johannes. Frank war selbstständig und hatte sich eine Schale angelegt, die ihn stets lässig erscheinen ließ. Keinen Kummer, keine Sorge, so musste ein Selbstständiger denken, wenn er seinen Geist gesund halten will. Und so schätzte ich Frank auch ein. Ich wusste auch, dass er so gesellig war wie unser lieber Johannes. Gespräche zwischen den beiden waren schon in der Vergangenheit eine wunderbare Sache und Johannes war nun noch mehr motiviert dazu, denn er wusste nun was das Leben denn wert ist, und was die Menschen wert sind.

››Das musst du mir mal erklären, Johannes. Ich sah dich im Grab liegen, traurigerweise, und jetzt bin ich glücklich, dass du wieder da bist. Was ist nur geschehen, dass du und dein Sohn wieder hier aufschlagen dürfen?‹‹

››Das ist es Frank. Wir dürfen das jetzt, nachdem mein Sohn Stephan allen Mut und allen Glauben hineingelegt hatte, mit einer großen Prise Phantasie. Auch ich genieße mehr Glauben, vor allem was die andere Welt anbelangt, aber auch darin, dass ich mehr denn je an euch und an mir festhalte.‹‹

Theresa wies allen den kurzen Weg zurück zu den Stühlen die am Tisch unter der Pergola standen.

Ihre älteste Tochter Angelika – Franks Ehefrau, die eben erst eingetroffen war, nahm sanft und zärtlich meine Hand zum Gruß, und ich erwiderte den Gruß mit meiner Zartheit. Wir fanden hier eine schöne Verbindung und sie legte sodann ihre Hand auf meine linke Schulter, was für mich wie ein Lob erschien. Sie war wohl mit mir und meiner Art einverstanden, eine Art, wie ich sie nun kannte, nachdem ich einmal dafür sterben musste.

Ihre zurückhaltende Art war dennoch keine Schüchternheit, sondern vielmehr eine Sanftheit, die sie sich einverleibt hatte. Auch ihren Sohn Damian, der ebenso allen die Hand reichte, hatte Angelika danach erzogen und ich freute mich auch auf ihn, der er dabei war Erwachsen zu werden, mit einer Art und Weise die mir sehr gut gefiel.

»Nun, Angelika«, meinte meine Schwester Isabel, als wir uns alle unter der Pergola gesetzt hatten. »Das hier ist mein Sohn Manuel.«

»Der ist aber süß. Ein richtiger Wonneproppen.«

Johannes sagte: »Ich habe unseren Platinschatz sehr lieb und ich bin so glücklich, dass ich sein Leben doch noch eine Weile begleiten darf. Ich weiß zwar nicht wie lange uns Gott und das Leben noch geben werden an Lebensspanne, aber ich bin voller Hoffnung, nachdem was uns passiert ist.«

Ich gestand nun ein: »Eigentlich wissen wir nicht, wie es weitergeht. Ob wir zehn, zwanzig Jahre oder die Ewigkeit haben, mit diesen neuen Körpern.«

Als Frank diese Worte hörte, griff er Johannes an seinen rechten Oberarm und meinte, der Arm sei aber sehr sanft und gar nicht stark, allerdings sehe man deutlich den großen Bizeps, den er immer gehabt habe.

Isabel lobte Johannes mit folgenden Worten: ››Ja, Papa. Du siehst immer noch sehr gut aus. Auch wenn du nun sanfte Muskeln hast, so siehst du immer noch aus wie früher, zu Zeiten als du am Band Autos zusammengebaut hast.‹‹

Isabels Mann Malte fügte noch an:

››Ja, du hast immer noch den Umfang an Bizeps wie früher.‹‹

Das war typisch Malte, der sich anschickte, zwei Mal die Woche zum Krafttraining zu gehen, mit einer Motivation für einen schönen, gestählten Körper, den er schon hatte, den er aber behalten wollte. Ich hatte mich ihm in diesem Jahr angeschlossen, aus lauter Freundschaft zu ihm. Allerdings konnte ich meinen Körper nicht derart formen, wie es dem Malte denn gelang. Nein, ich musste vor allem auf die Ernährung achten und schickte mich an, keine Kohlenhydrate zu essen, welche Nudeln und Brot, aber auch Süßes sind.

Helen fragte unvermittelt den Johannes:

»Machen Sie immer noch Krafttraining, Onkel Johannes?«

Er habe aber nie Krafttraining betrieben, seine Muskeln kämen von all der Arbeit als Automechaniker.

Helens Mann Michael sah sich staunend Johannes´ Körperbau an und ich sah in seinem Gesicht den Respekt, den Johannes denn verdiente, den er immer verdient hatte.

Zur Feier des Tages hatte Helen ihr Smartphone per Bluetooth mit einem kleinen Lautsprecher verbunden und melodramatische Klänge in Moll schwangen durch die Luft. Selbst Isabel, die für russische Musik nicht zu haben war, konnte sich uns, aus Liebe zu Johannes, mit Tanzen anschließen. Ihrem Sohn Manuel gefiel es offensichtlich gut, wie harmonisch es hier in dieser Verwandtschaft denn zuging, und wie schön das Leben denn nur sein kann.

Isabel kitzelte ihren Sohn am Bauch, welcher eine sensible Stelle bei ihm darstellte, und der Kleine lachte herzhaft und schön, als hätte er nie etwas Anderes gemacht. Er war somit sehr freundlich und nett in diese Gemeinschaft aufgenommen worden, was kein Wunder war, denn er ist zuckersüß und wunderbar.

Der Tag neigte sich dem unerbittlich kalten Abend hin und wir hatten uns für die nächsten Tage vorgenommen, alle Verwandten und Freunde zu besuchen, mit der Hoffnung, keiner würde austicken wegen dieser Geschichte, wie ich und Johannes sie geschaffen hatten.

Es war keineswegs leicht, sich dahinzustellen und der Bekanntschaft die These aufzutischen, die schon die Auferstehungsgeschichte Jesu formte. Vor zweitausend Jahren war es schon mit Jesus einmal so gekommen, wie vor einigen Wochen mit Johannes und meiner Wenigkeit. Wir waren auferstanden, und doch nannte ich es vor der Verwandtschaft nicht so, benutzte andere, modernere Worte, die das Einvernehmen der Freunde und Bekannten anlockte.

Einige in der weiten Familie glotzten sich die Augen aus den Höhlen, doch alle mussten diesen Frosch schlucken und uns annehmen, als wären wir nie weggewesen.

Unsere Lage war durchaus gut. Ich hatte irgendwie das Gefühl noch viele Jahre weiterleben zu dürfen, hatte aber keine Angst vor dem Tod, den ich ja schon kannte, und der mir kein Grauen mehr abverlangte. Und ich meine, Johannes hatte den gleichen Gedankengang.

Die Wochen waren für uns wie ein Frühling, obwohl es noch Winter gewesen war. Frühling deshalb, weil wir uns wunderbar fühlten, das wiederum kam durch unsere Wiedergeburt. Den Frühling schob ich der Jugend zu, und wie Johannes´ und meine Jugend früher schon wunderschön gewesen waren, so fühlten wir uns beide erneut so an, wie schon zu unserer Jugendzeit.

Johannes brachte Clara täglich rote Rosen, weil auch sie zuvor rote Rosen an sein Grab gebracht hatte, mit aller Liebe und aller Treue, die sie füreinander hegen.

Sie hatte stets schöne Blumenvasen auf dem Esstisch. Sie kaufte immer mehr von solchen Vasen, um Johannes seine Gewohnheit mit den Rosen schenken zu belassen. Er sollte sie ruhig ehren, was er mit aller Kraft tat, und er würde sie niemals zurechtweisen, denn wer macht keine Fehler? Und was nütze es einem, die Lieben vor den Kopf zu stoßen, wenn man doch im Großen und Ganzen sehr zufrieden ist?

Johannes hatte in diesen fruchtbaren Wochen mit uns kein Hadern und Zaudern an den Tag gelegt und ich wollte ihm in jedem Fall nacheifern. Geduld hatte er. Er ließ sich immer auf Kompromisse ein, ob mit den Bekannten oder der engen Familie. Immer war er höflich und freundlich und niemals runzelte er die Stirn aus Hass. Er war sehr angenehm. Er war sanftmütig und loyal. Hielt alle seine Versprechen ein, auch jene, die er der weiten Verwandtschaft zusagte.
Er war wie ein Engel auf Erden, und ich sehnte mich offensichtlich danach ihm dies gleichzutun.

8
Zwei Jahre später, es war ein Frühling, der die Blumen sprießen ließ, da machten wir uns auf, einen Vergnügungspark mit angeschlossenem Wildpark zu besuchen. Der Park ist im Gebiet

sehr bekannt und wird auch sehr von Besuchern frequentiert, die eine Menge Geld dalassen. Doch ums Geld ging es uns da nicht. Johannes wollte seinen beiden Enkelkindern ein wunderschönes Erlebnis bereiten, sicherlich konnten sie noch keine Fahrdienste benutzen, dazu waren Manuel und Hermine einfach noch zu klein. Der angeschlossene Wildpark aber sollte im Verlauf dieses Tages einen Heidenspaß machen.

Es waren Johannes, Felix und Malte, die ihre Fahrzeuge zum Laufen brachten. Felix und Malte mit ihren Familien - hatten zuvor bei uns aufgeschlagen und wir fuhren mit den drei Fahrzeugen den kurzen Weg von zwanzig bis fünfundzwanzig Minuten Fahrt ohne Probleme. Die Kleinen machten keine Anstalten zu meckern, wann denn das Ziel erreicht sei, nein, vielleicht war es so locker und leicht, da noch der Morgen auf ihren Augen lag, und da sie unbelastet in diesen Frühlingstag hineinlebten.

Als wir vor dem Park hielten, öffnete Enie hinten das Auto und befreite Hermine vom Gurt, doch da war mehr als ich bisher verraten habe, denn Enie zog auch eine Maxi Cosi vom

Rücksitz hervor. Darauf sah man einen kleinen Jungen im Alter von einigen Monaten, denn Enie und Felix hatten ein zweites Kind geboren, dem sie den Namen Maximilian, kurz Max, gegeben hatten. Er wuchs sehr gut heran in den vergangenen Monaten und er nahm schon gut teil am Leben mit uns, denn ich sah sein Bewusstsein klar bei uns und mit uns.

Meine Mutter Clara nahm zunächst Hermine, dann auch Manuel an der Hand und lobte beide wegen ihrer Art. »Mein Goldstück, Manuel. Und mein Sonnenschein, Hermine. Ihr seid mir eine Freude. Und der kleine Max ist unser Prinz.«

So hatte sich Oma Clara in die Herzen der drei Kinder hineingeredet, weil sie offen war für die Individualität jedes Einzelnen.

Johannes, der neben Clara herging, tat sich hervor, als er Manuel beiläufig mit seinem Zeigefinger die Wange streichelte.

Als wir am Eingang des Vergnügungsparkes angelangt waren, da zückte Johannes einen Hundert Euro Schein, und bezahlte damit für sich, Clara und mich. Ich bedankte mich bei Papa Johannes, denn er tat dies mit einem Vergnügen, das keinem Geiz ausgesetzt war.

Jetzt zückte Malte einen Hunderter und gab diesen dem Manuel, denn der Junge gab zu verstehen, dass er den Eintritt für die Sonnhofens zu bezahlen gedachte. Isabel war damit immer einverstanden, dass Manuel schon mit Geld vertraut wurde, und da Hermine dies sah, da meinte sie zu Felix: »Oh, Papa. Ich will auch zahlen. Mama, darf ich?«

Als Enie ihrem Mann Felix nickend das Okay gab, überreichte er der Dreijährigen ebenso einen Hunderter, auch ohne Geiz, obwohl alle ihr Geld nicht gerade leicht verdient hatten.

Die Wechselgelder ließen sich Isabel und Enie von ihren Kindern aushändigen. Malte und Felix hatten keinerlei Probleme damit, dass ihre Frauen von ihnen versorgt wurden, auch wenn Enie und Isabel nebenher verdienten. Das Gros an Einkommen aber strichen Malte und Felix ein, nicht zuletzt lag die Erziehung der Kinder zum großen Teil bei den beiden Müttern. An den Abenden aber waren die beiden Männer mit viel Liebe für die Kinder da, scherzten und spielten mit ihnen.

Malte hatte sich doch einige Hobbies behalten, neben den Stunden mit seiner Familie. So erlernte er Musikinstrumente, spielte Fußball und ging mit mir ins Fitnessstudio.

Felix hingegen hatte sich ganz auf Enie, Hermine und Max eingelassen, wich am Feierabend nicht von deren Seite, war fürsorglich wie er es eben von unserem Johannes schon lange kannte.

Felix ist nun mal sehr loyal seiner Familie gegenüber, aber auch Malte unterstrich an diesem Tag die Gemeinschaft: ››Wir sind doch eine Familie, Isabel.‹‹

Ich hatte diesen Satz akustisch sehr gut verstanden, die Ursache zu dieser Aussage aber wusste ich nicht und traute mich in diesem Moment nicht nachzufragen.

››So, wer will auf die Achterbahn‹‹? fragte Johannes, spitzte dabei seine Lippen und wirkte durchaus mutig und heldenhaft. Er wollte tatsächlich dieses zweite Leben noch mehr genießen und herausfordern als schon in seinem ersten Leben, welches ja vor zweieinhalb Jahren sein Ende genommen hatte.

Und doch hatte er sich vorgenommen, nur gesunde Dinge anzugehen, ohne Zigaretten und Alkohol, vielmehr aber mit Adrenalin und mit der Gemeinschaft der Großfamilie und der Verwandten.

Und so kam es, dass Felix, Johannes und Isabel sich auf die Achterbahn gesetzt und diese genossen hatten, wenn sich auch der frühstückgefüllte Magen deutlich zu erkennen gab. Aber die drei kamen nach einigen Runden, mit einer Freude im Gesicht und einer hoffnungsvollen Emotion vom Fahrgeschäft herunter. So wie ich die drei kenne, hätten sie bestimmt noch schlimmere Fahrgeschäfte aufgesucht, wenn nicht der dreijährige Manuel etwas für ihn Wunderschönes entdeckt, und uns diese Entdeckung nahgebracht hätte.

»Ah«, gab Manuel in seiner so bekannten Leichtigkeit von sich, um sodann zu sprechen: »Mama. Da sind Boote und viel Wasser. Fahren wir da herunter?«

Tatsächlich sahen sogleich alle zusammen, dass wir an einen Wildwasserkanal angelangt waren, und keiner wollte in dieser Stimmung dem Manuel dies verwehren, zumal auch Hermine schöne, glänzende Augen dafür hatte. Johannes nutzte die kurze Stille zwischen uns allen, um seine Freude am Leben kundzutun, und so sagte er, dass er sich sehr darüber freue, endlich wieder als Mensch so etwas machen und erleben zu dürfen.

Wir stiegen, in zwei Gruppen verteilt, in zwei der Boote, nur Enie blieb mit dem noch zu kleinen Max außen vor. Wir waren jetzt mit acht Personen auf dem Wasser und kein einziger legte bei dieser Unternehmung – beim Wildwasser – Angst in die Waagschale. Selbst ich konnte dabei die aufgehellte, freudige Stimmung mit meiner Wenigkeit ergänzen, lachte mit den beiden Kleinen, mit ›Sonnenschein‹ und ›Goldstück‹, und drückte Johannes die Hand, um ihm zu zeigen, dass wir das Richtige getan hatten, als wir vor zwei Jahren aus dem Tode zurückgekehrt waren. Keine Zweifel, kein Argwohn, überhaupt nichts Negatives sollte jetzt aufkommen. Nichts dergleichen durfte eigentlich in Erscheinung treten, und die Familie entzweien oder Verärgerung hervorbringen.

Denn wir hatten den Tod seiner Macht beraubt, und deshalb sollten wir die Zeit genießen, die uns noch bleiben wird. Und dies mit aller Freude und mit allem guten Vorsatz.

Das Wasser im Wildwasserkanal schwappte über unsere Reling und erwischte den niedlichen Manuel. Felix sah das und umarmte vorsichtshalber seine Tochter Hermine, um dem zuvorzukommen was dem Manuel bereits geschehen war. Doch der süße Fratz Manuel hatte sich nach anfänglichem Schock schnell wieder gefasst und drückte sich an Johannes` Brust. Schließlich hatte der Kleine schon drei Lebensjahre auf dem Konto, und da hatte er sich schon, meiner Ansicht nach, gut entwickelt was die Leichtigkeit und Lässigkeit anbelangte. Johannes sah seinem Platinschatz ins Gesicht und freute sich über den Mut Manuels, den dieser sicherlich von allen Seiten hatte vererbt bekommen. Johannes gefiel was er sah und spürte, und als wir dem Kanal entgangen waren, da stand schon Enie mit ihrem Max vor uns, mit einem Lächeln welches auch Max sein Eigen nennen durfte.

»Hört mal zu«, meinte Johannes.

»Ich habe aufgeschnappt, dass Kinder im Alter von drei Jahren an die Ewigkeit und den Himmel samt Engeln glauben. Oft können sie sogar Engel oder andere Wesen sehen.«

Felix machte Anstalten dem zu widersprechen, doch Isabel befürwortete Johannes` These, hatte sie doch ebenso diese Sache hier irgendwo gehört oder gesehen.

Ich fand es einfach toll, denn ich selbst konnte in meiner Vergangenheit diese Dinge erleben, ob es Engel oder Dämonen waren, ob ich die andere Welt auch auf unserer Erde gespürt und gesehen hatte. All das war für mich die Wahrheit und das sollte es denn nun auch für die Kleinen Racker sein.

Ich konnte gefühlsmäßig Johannes nur zustimmen und meinte, Johannes habe diese Theorie ganz sicher im Himmel aufgeschnappt und mitbekommen, denn wir haben die Erinnerung an den Himmel immer noch in unserem Bewusstsein parat.

Manuel hatte sein Herz stets auf seiner Zunge und sagte: ››Opa. Ich habe dich da oben gesehen, wo du in den Himmel gegangen bist. Und ich habe deine Flügel gesehen. Du warst doch ein Engel und hast auf mich aufgepasst. Das hat nämlich Mama gesagt.‹‹

Isabel beruhigte die erstaunten Gesichter von Felix, Enie und Malte. Sie habe Manuel immer offengehalten, dass der Opa nunmehr im Himmel war, als ein Engel, der auf seine Enkelkinder aufpasse. Das hatte also Manuel wiedergegeben, mit allem Charme und mit allem Glauben, den er nun mal hatte.

Enie und Felix lächelten erleichtert, doch Malte fragte noch einmal nach. Ob sein Sohn denn sicher gewesen war, den Opa gesehen zu haben. Ich wusste, dass Malte schon ein oder zwei Male Türen von Geisterhand hatte zuschlagen sehen, und deshalb verwunderte mich seine Frage und seine Einstellung. Vielleicht konnte er die Häufigkeit und Intension der Vorkommnisse nicht glauben, aber wenn es denn Geister gibt, dann spielt es keine Rolle, ob sie denn täglich oder wöchentlich auftauchen.

Ich fragte Manuel nun, ob er denn wisse, dass Gott in unserem Leben sei. Er beantwortete diese Frage mit einer Einlassung. Demnach geht er an manchen Sonntagen mit Oma Berta in die Kirche. Ob *ich* denn nun glaube, dass es einen Gott gäbe? Sicherlich glaube ich das, antwortete ich ihm nun meinerseits. »Du bist aber ein ganz Schlauer, mein Großer«, entgegnete ich nun dem Manuel.

9

Johannes hatte sich kurzum einen kleinen Plan gemacht, der ihm spontan vor die Augen getreten war. Demnach war da ein Lokal, wo man Hamburger essen konnte. »Seht hier.« Johannes zeigte auf ein Gebäude mit der Aufschrift ›Zur Werksküche‹. Wenn wir alle denn nichts gegen Burger oder Pommes Frites hätten, dann könne man da aufschlagen und einen Happen essen.

Malte machte darauf aufmerksam, dass es hier im Erlebnispark auch ein Restaurant mit schwäbischen Gerichten gebe, was wiederum Enie und Felix ein Lächeln auf die Gesichter zauberte. Johannes hielte sich da heraus, meinte er. Die Kinder und Enkelkinder sollten demnach entscheiden, und das nahm der wunderbare Manuel zum Anlass seinen Wunsch kurzum kundzutun.

»Mama. Waffeln. Ich will Waffeln. Suchen wir das?«

Ich verriet der Gemeinschaft, dass wir da gar nicht weiter zu suchen brauchen, denn ich wisse bereits, dass hier ein sogenanntes ›Café Höhenflug‹ existiere, wo es nach meiner Kenntnis Crêpes und Waffeln zu kaufen gebe, was wiederum der Isabel überhaupt nicht gefallen konnte.

»Meine Lieben«, meinte Isabel. »Wir können doch den beiden Kleinen nicht schon zu Mittag Süßes geben. Wo kommen wir da hin?«

»Nur probieren, Mama«, sagte Manuel mit aller Zartheit und Verliebtheit und Mama Isabel konnte da - meiner Meinung nach - keineswegs widerstehen. War doch ihr Sohn immer noch süß wie an seinem ersten Geburtstag. Isabel blieb aber zunächst noch hart, doch Johannes hatte sich von Manuel verführen und bezirzen lassen. Was denn schon ein Stückchen von einer Waffel schaden könne, wir könnten die Portionen aufteilen und alle wären zufrieden.

Felix knickte nun auch ein, als er die goldschimmernden Augen seiner Tochter sah. Enie war gerade mit Max beschäftigt, sodass sie nun Felix die Entscheidung darüber überlassen hatte. Mein Bruder Felix gab ein «also gut« von sich und nahm seine Tochter an der Hand.

Oma Clara gab zu verstehen, dass sie die Enkelkinder putzig fand und sie keinerlei Bedenken hatte. Dies hatte zu unserer Zeit als Kinder noch anders geklungen, allerdings ist weitläufig bekannt, dass Großeltern milder sind als die eigentlichen Eltern.

Oma Clara vergab Hermine und Manuel alles und sie ließ sie jeden Blödsinn machen, nein, sie beteiligte sich sogar dabei und lachte mit den Kleinen, auch schon mit dem ›Prinzen‹ Max.

Dieser würde sogleich eine Flasche, mit Tee und Pulver vermischt, erhalten, woran er gleich nuckeln würde. Circa alle drei Stunden war es denn so weit, dass der ›Prinz‹ sein Mahl, abwechselnd, von Enie und Felix bekam, und er hatte dabei einen Affenzahn drauf. Er zog und zog an der Flasche, so, als gebe es keinen weiteren Frühling mehr.

Johannes spitzte die Lippen, als er Max im Kinderwagen ansah. Max reagierte schon auf Opa. Meiner Meinung nach war der kleine Max schon viel bewusster im Leben drin als noch zu Anfang. Das konnte ich leicht aus seinen Blicken ersehen und das hieß ich gut.

Als wir einige Waffeln bestellt und erhalten hatten, da brach Isabel dem Manuel ein Stück einer Herzwaffel ab, und genoss ihrerseits ein Stück davon. Manuel biss in die Waffel und stöhnte vor lauter Freude über die Köstlichkeit.

Das war die erste Waffel für ihn, auch Hermine war erstaunt über den schönen Geschmack dieser Sache. Sie hatte sich ein ganzes Stück genommen und Felix war drauf und dran ihr dieses wieder abzunehmen, weil es für die Dreijährigen zu viel werden würde. Enie aber ließ Felix stocken und meinte, man dürfe kleinen Kindern absolut nichts wegnehmen, sonst wäre ein Dilemma, eine Katastrophe die Regel. »Du willst doch nicht, dass sie gleich heult wie ein verliebtes und vor den Kopf gestoßenes Mädchen.«

Felix hielt inne und es ratterte in seinem Kopf. Seine Erinnerung trat zutage und er gestand, dass er das doch eigentlich hätte wissen müssen.

»Kein Problem«, meinte Clara. »Dann isst mein Sonnenschein heute eben ein bisschen mehr Süßes.« Isabel sah in Manuels traurige Gesicht, brach ein weiteres Stückchen von der Waffel ab, und gab dieses ihrem Wunderkind.

Isabel sprach nun an, dass es hier nebenan eben einen Wildpark gebe, und wir sollten nun – nach den Spielereien für die Erwachsenen – auch den Kindern ihre Freude geben. »Wollt Ihr Tiere sehen?«

Manuel hatte funkelnde, wunderschöne Augen und Isabel kam nicht umhin ihn auf sein Stupsnäschen zu tippen. ››Ich sehe es dir doch an, Manuel. Du willst sicherlich die Tiere sehen.‹‹

››Au ja Mama. Welche Tiere gibt es hier denn? Gibt es Biber? Gibt es Frösche?‹‹

Wir alle wussten, dass Manuels Lieblingstiere nun eben der Biber und der Frosch waren, doch Isabel bereitete ihn darauf vor, und meinte, hier gebe es viele *große* Tiere, nicht die Kleinen. Warum es denn keine kleinen Tiere gebe, wollte Manuel wissen, doch weder Isabel noch kein anderer konnte ihm diese Frage richtig beantworten.

Wir traten in den Park und kauften uns Futter, um die Tiere denn auch füttern zu können, was durchaus vom Parkbetreiber gern gesehen war, schließlich verdiente er mit den Packungen mit Tierfutter zusätzliche Summen an Euros.

Isabel streckte ihren Zeigefinger aus und richtete ihn auf die ersten Tiere im Park. Die Rehe kamen zuerst nur rar, dann aber umso schneller zu uns getrabt, als sie das Futter in Hermines und Manuels Händen sahen, welches Oma Clara ihnen péu a péu übergab.

Die beiden Kinder hatten keine Angst und keine Hemmung ihre Hände von den Rehen geschleckt zu bekommen, und nun war auch ich daran etwas Futter in meine Hand zu nehmen. Plötzlich aber umkreisten die Rehe Hermine, Manuel und mich und ich bekam es ein wenig mit der Sorge um uns zu tun. Isabel und Johannes konnten mich nur auslachen, denn ihrer Ansicht nach hatte ich Angst um mich, und nichts Anderes. Ich verteidigte mich. Angst habe ich nicht, aber es sei durchaus beklemmend, wenn die Tiere uns denn hier umstellten.

»Klar, Stephan«, meinte Johannes. »Du hast die Sache im Griff.«

»Ich hatte keine Angst.«

Isabel: »Und der Papst ist evangelisch.«

Meine Schwester lächelte nach dieser Einlassung wie ein Rehkitz, welches gefüttert wurde und satt geworden war. Sie hatte – mit Johannes zusammen – in diesen Sekunden und Minuten eine derart tolle Harmonie an den Tag gelegt, dass ich nicht anders konnte, als ebenso zu lächeln, quasi mich selbst auszulachen.

Hermine tätschelte einem Reh übers Fell und ich sah dem Manuel an, dass er dies ebenso zu tun gedachte. Zuerst schaute er seine Mutter an, dann aber zeigte er Mut, trat kindlich an ein Reh heran und streichelte dieses über den Kopf.

Isabel strahlte wie eine Mutter, deren Kind zum ersten Mal zu sprechen beginnt, zuckersüß war für sie dieser Augenblick, als der kleine Manuel stramm und liebevoll dem Tier entgegengetreten war.

Malte nahm seinen Sohn mit beiden Händen und ließ ihn durch die Luft schweben, wie ein Astronaut der ersten Klasse. Manuel war dabei keineswegs höhenängstlich und das rechneten ihm seine Eltern hoch an.

Aus weiter Entfernung konnte Manuel einen Hirsch sehen. »Au, ein Hirsch, dort drüben, Mama.«

Isabel vermutete, dass sich der Hirsch irgendwie verlaufen habe, ein solch großes Tier habe demnach nichts auf unserer Strecke zu suchen, zumal der Hirsch als einziger seiner Art hier aufschlug.

»Ja, Isabel«, sagte ich. »Der Hirsch ist bestimmt irgendwie an einer offenen Stelle am Zaun durchgeschlüpft.«

Erneut kam Angst in mir auf, dann, als wir direkt am Hirsch vorbeiliefen und dessen Ehre und Anmut deutlich an ihm erkennen konnten. Weiter auf der Strecke erschien dann der Platz für die Adler vor unseren Augen und ich las von einem Schild ab, dass sogleich eine Vorstellung durchgeführt würde. Und so nahmen wir auf der Arena Platz und würdigten die Adler – Groß und Klein – mit unserer Aufmerksamkeit.

Der schönste Moment war für mich, als der Adler Namens Stephan aufgerufen wurde, denn der liebe Manuel war hocherfreut einen Adler mit meinem christlichen Namen hier über uns fliegen zu wissen.

Als dann Adler Stephan sich vor Manuel hinsetzte, da freute sich der Kleine wie ein Kind, welches ein Dutzend Geschenke vom Weihnachtsmann bekommen hatte.

10

Am Ende des Parkes angelangt, sah ich eine Horde stämmiger Tiere und rief zu Manuel, dies seien Büffel. Der Ausdruck gefiel dem Manuel, der ihn sofort wiederholte: ››Büffel, Mama, das sind Büffel.‹‹

Plötzlich kam mir ein Zweifel und ich sah ein Schild dastehen, kam zu diesem herüber und las, dass dies hier Ochsen waren und keine Büffel. Ich sagte das dem lieben, zuckersüßen Manuel, doch er schien lieber beim Ausdruck ›Büffel‹ verharren zu wollen. Hermine aber wiederholte sofort den richtigen Namen dieser Tiere und gab sich dabei vorschulartig.

Felix meinte sodann: ››Lass es dem Kleinen Büffel sein, Stephan. Sein Selbstbewusstsein ist wichtiger als die Wahrheit. Wer zu starr ist, fließt nicht wie der Fluss, und dieser kommt immer recht weit.‹‹

››Hmh. Darauf hätte ich selbst kommen müssen‹‹, meinte ich verwundet aber nicht geschlagen.

Johannes lag der Stolz über Felix` Weisheit im Gesicht geschrieben und ich war ebenso ermuntert über Felix´ Intelligenz und Wortgewandtheit.

In diesem Augenblick kramte Manuel seine Superman-Figur aus seinem kleinen, schönen Rucksack und präsentierte mir diese Figur als Spiderman. Und da wusste ich sofort, dass ich dem Jungen seinen Willen und seine Meinung lassen musste, was ich auch geflissentlich tat.

Der Moment war einfach perfekt und ich war um eine Fehleinschätzung beraubt, und um eine Weisheit ergänzt worden.

Isabel meinte: ››Du hast einen wunderbaren Spiderman, mein Schatz. So … Und jetzt sind wir auch schon durch mit dem Wildpark. Da vorne ist schon der Ausgang.‹‹

Die Stunden im Freizeit- und Wildpark waren also vergangen, und sie waren für mich – und wohl für alle Anwesenden – wundervolle Stunden, wo wir die Familie noch mehr zusammenrücken ließen, in einer Form, wie ich sie in dieser Stärke früher nicht kannte. Die letzten zwei Jahre aber deutete sich das für mich an und ich beteiligte mich nur zu gern an all der Liebe um diese Familie.

11

Auf der Rückfahrt vom Park nach Hause
erinnerte sich Johannes durchaus detailliert
wie es ihm am Tod ergangen war. »Ich hatte
ein starkes Herz, nicht wahr? Ich hatte damals
alles mitangehört was Ihr erzählt habt während
meiner letzten Tage.««

Johannes kamen Bilder von damals in den
Sinn, die er zu kommentieren wusste.

»Du, Clara und du, mein Sohn. Ihr habt alles
getan was zu tun gewesen war in diesen letzten
Tagen.««

Johannes sah die Vergangenheit, wie ich ihm
einen Beutel mit Kochsalzlösung an eine
Stange und am anderen Ende an die Blase
angeschlossen hatte.

»Mit eurer Hilfe, hat sich somit meine Blase
durchgespült und es kam danach kein Blut
mehr aus der krebsbefallenen Blase.««

Sodann sah er weiter in der Erinnerung, sah
sich auf der Terrasse sitzen mit dem kleinen
Manuel auf dem Schoß. Sein Zustand war
gebrechlich doch er sprach noch mit dem
Enkelkind:

»Mein lieber Manuel. Wenn ich dich nicht
hätte, wüsste ich nicht was die Liebe zwischen

Opa und Enkel bedeutet. Du bist mir sehr wichtig geworden, auch Hermine tut das. Ich bin froh euch noch kennengelernt zu haben, meine lieben kleinen Enkelkinder. Erinnere dich an mich, Manuel, wenn ich fort bin. Denke an mich, schaue dir Bilder und Videos von mir an, wenn ich für immer im Grab liege.«

Johannes wusste damals noch nichts vom Ewigen Leben und dass alle durch Jesu Tod von den Gräbern auferstanden waren, und dass diejenigen die es wollen, im Himmel ein Zuhause finden. Die Realität überraschte Johannes, die Wahrheit über das nächste Leben, das, nach dem Tod.

Ich war auf alles gestoßen, so wie ich es schon geahnt hatte, nach meinem Tod. Ich fand mich im Himmel wieder, kurz daraufhin erlebte ich noch mehr als es ein Mensch oder Engel sich denken können. Einen Wiedereintritt ins menschliche Leben, mit allen Erinnerungen an vorher.

Johannes hatte ein Grinsen aufgesetzt, er saß auf dem Beifahrerplatz, Oma Clara hatte sich hinten bequem gemacht und hörte – wie auch ich – unserem Johannes gespannt zu.

Mein Papa schüttelte, fasziniert von seiner Geschichte, den Kopf und presste demütig und gut die Lippen zusammen. Ich hatte meine linke Hand am Lenker und die Rechte legte ich dem Johannes – warm und liebevoll – auf seine Hand. Er schmunzelte und war froh, dass die Historie mit unserer Familie noch nicht ausgehaucht war, nein, die Historie ging weiter, mit allem Glück und aller gefühlten Liebe zwischen uns zehn.

Der Tag heute war für uns alle ein hingebungsvolles Ereignis, welches das Leben wertschätzt und feiert, so, wie wir es eben an diesem Frühling bei diesem Ausflug getan hatten.

Johannes erzählte Clara noch das ein oder andere vom Himmel, beschrieb es ihr bildlich. Demnach traf er im Himmel vor über zwei Jahren auf seine Eltern. Sein Vater war sehr früh verstorben, aber die Erinnerung ließ Johannes das Gesicht des Vaters ganz gut wiedererkennen. Seine Eltern hatten sich beide überhaupt nicht verändert. So wie sie gestorben waren, so stieß auch Johannes auf sie, umarmte zuerst den Vater, sodann gleich die Mutter und meinte: »Ich habe eine eigene

Familie, Papa. Siehe hier, mein ältester Sohn Stephan ist auch hier. Ich habe letztendlich doch die Liebe gefunden, ob mit meiner Frau Clara, aber auch mit den Kindern und Enkelkindern. Du hast mir gefehlt, aber meine Familie hat mich vieles verschmerzen lassen.‹‹ Johannes` Vater Ferdinand freute sich über diese Einlassung und meinte, er habe seine Kinder sehr vermisst. Das Verhältnis zwischen Vater und Sohn wurde dem Ferdinand schnell und plötzlich genommen, und doch hatte er sich mit dem Himmel versöhnt, schlussendlich war er hier nicht alleine, nachdem seine Frau in den siebziger Jahren zu ihm aufstiegen war.

Clara sah jetzt die Bilder auch, die dem Johannes im Sinn lagen. Johannes` Kraft hatte ihr das hier und jetzt möglich gemacht und sie freute sich ungebändigt über das was dem Johannes da wiederfahren war.

Ich hatte meine eigenen Bilder von damals – wie einen Schatz – geöffnet und meinte, ja, meine Großeltern väterlicherseits sähen genau so aus wie auf den Fotos, die Johannes beim Umzug nach Deutschland mitgebracht habe.

Mein gebrochenes, limitiertes Russisch ließ mich Kontakt mit Ferdinand und Gerda üben und wir verstanden uns schnell prächtig, mit Wort und Zeichensprache. Leider haben wir sie wieder verlassen müssen, als wir beiden den Weg zurück auf die Erde aufgenommen haben. Die Bande unserer jetzigen Familie sei einfach zu stark, als dass wir Zweifel gehabt hätten zurück zu kommen, zurück zu Clara, Isabel, Felix, Enie, Malte, Hermine, Manuel und jetzt Maximilian.

Clara hatte eine Träne auf der Wange sitzen und ihr Gesicht färbte sich leicht in Rot. Als ich sie durch den Rückspiegel so dasitzen sah, hielt ich unser Fahrzeug an und sprach zu Clara: ››Ich sehe dich erst seit heute so gefühlvoll.‹‹

Johannes meinte: ››Warum hältst du an? Clara war schon immer gefühlvoll. Du warst nur nicht bereit dazu es zu spüren und zu sehen. Endlich siehst auch du die Wahrheit, wie ich sie schon immer gespürt habe mit Clara. Deine Mutter hat feine Antennen, mein Großer.‹‹

Den Ausdruck ›Großer‹ hatte sich Johannes von mir abgeschaut, weil ich immerzu den Manuel so anzusprechen wusste.

In den nächsten Minuten kam mir Clara tatsächlich sehr gefühlvoll vor, sie las meine Gefühle ab, etwas, das man Empathie nennt.

Und sie war sehr sensibel, wenn man arglistig mit ihr umging. Auch das sah ich nunmehr, Gott sei Dank sah ich es, denn nur so kann man innehalten und eine Versöhnung heraufbeschwören. Immer wenn ich ab da an Clara ein wenig weinen sah, spürte ich die Situation und erkannte auch immer, wenn ich sie zu grob angemacht hatte. Johannes hingegen war hierbei mein Vorbild, denn er machte sie niemals übel und grob an. Er war ja um einiges älter als ich, und dennoch versuchte auch ich die Clara, aber auch alle anderen in meinem Umfeld gut zu behandeln, mit Wort und Gefühl.

12

Am vierten Januar des Jahres 2021 luden die Sonnhofens – Isabel, Malte und Manuel – zum vierten Geburtstag unseres wunderbaren Manuels in eine noble Gaststätte, die auf einem Berg oberhalb der Stadt Wunnenberg – wo die Sonnhofens wohnten, ein.

Clara, Johannes und ich waren pünktlich, die neunziger Jahre, an denen wir immer zu spät dran gewesen waren, sind vergangen, und doch saßen Isabel, Malte und das Geburtstagskind bereits in der Gaststätte am langen, reservierten Tisch. Aber wir waren auch nicht die letzten in dieser Runde. Johannes umarmte Manuel und beglückwünschte seinen Enkel zum Geburtstag.

Dann sagte der Opa: ››Gott, habe ich euch drei, meine Enkel, lieb.‹‹

Manuel antwortete mit einem Humor, den er sich schon lange angeschafft hatte als er meinte: ››Ich habe mich auch lieb, Opa.‹‹

Die Runde lachte herzhaft, am meisten aber schienen mir Berta und Rüdiger erfreut zu sein und Rüdiger sagte, dass Manuel einfach der Beste sei.

Malte nutzte die Lage aus und fragte seinen Sohn Manuel: ››Wer ist der Beste, Manuel?‹‹

Malte rechnete damit, dass Manuel *ihn, seinen Vater* als Besten angab, doch Manuel wäre nicht der Spitzbube – wie ihn Bertas Vater nannte – wenn er nicht schon wieder etwas Humor hineinbrachte: ››Ich bin der Beste, Papa.‹‹

Isabel grinste und sah dabei zu Johannes hinüber, der nun Manuel aufnahm und ihn in der Luft schweben ließ.

Als Isabel Manuel als ihren Schatz bezeichnete, da fragte der Junge, warum er denn Mamas Schatz sei. Isabel meinte, es sei so, weil sie ihn denn sehr liebhat.

»Warum hast du mich lieb, Mama?«

»Weil du einfach so süß bist.«

Oma Clara lobte zum Ausgleich sofort die beiden anderen Enkelkinder, Hermine und Max. Diese beiden seien ebenso überaus süß und angenehm, dass man sehr gerne in ihrer Nähe sei. Hermines und Maximilians Mutter Enie fand das sehr schön. »Das hast du aber schön gesagt, Clara. Wir sind auch gerne mit euch zusammen.«

Felix fügte lieblich und lässig hinzu, dass Hermine schon ein wenig Englisch beherrsche, und dass sie Johannes sicherlich etwas davon beibringen könne. Johannes antwortete, er habe bereits ein wenig Englisch im Himmel gelernt. Felix beschrieb ein ›okay‹. Dann sagte er zu Johannes, dieser könne doch sicherlich später seiner Tochter Hermine das Autofahren beibringen, was Johannes mit wundervollen Augen befürwortete.

»Ist zwar noch eine Weile hin«, meinte Felix. »Aber wer könnte Hermine das Autofahren besser beibringen als du, Papa.«
Natürlich lag ein Witz in der Luft, denn das Autofahren musste sicherlich jeder von einem Fahrlehrer erlernen, doch alle verstanden den Wink und alle lachten herzlich und schön.

Isabels Schwiegervater Rüdiger war nun an der Reihe. Er räusperte sich genüsslich und sanft und lächelte sein Enkelkind Manuel herzlich und lieb an.
»So einen intelligenten Jungen – in diesem Alter – habe ich noch nie gesehen und erlebt. Man könnte fast meinen er ist ein Genie. Wir sollten ihn in diese Elitegruppe stecken. Wie heißt die Gruppe noch mal? Ach ja: ›Mensa‹.«
Ich kannte diese Gruppe und so gab ich einige Informationen in die Runde hinein.
»Diese Gruppe wurde in Deutschland im Jahre 1981 gegründet und hat hierzulande 15.000 Mitglieder. Sie bringt schlaue Menschen in Kontakt miteinander und fördert die Erforschung der Intelligenz. Felix hätte fast hineingekonnt, denn sie nehmen Leute ab einem Intelligenzquotienten von 130 an. Unser

Felix liegt nur ein wenig darunter, aber er ist wohl der Schlauste in unserer Familie.‹‹

Felix zeigte sich demütig und sozial und meinte, er dachte immer ich sei so schlau. Natürlich kannte er meinen Quotienten und der lag um zehn Punkte niedriger als der seine. Rüdiger war aber noch nicht zum Ende gekommen und räusperte sich nochmals, um die Aufmerksamkeit auf ihn selbst zu lenken.

Er sagte, unser Manuel sei ja wohl mit seinen jetzt vier Jahren schon sehr weit. Man sehe sich nur mal die anderen Kinder im Kindergarten an, dann erkenne man offensichtlich, dass es so ist. Seine Frau Berta schmunzelte, erhob ihr Glas Sekt und motivierte uns zu einem Prost, etwas, dass Manuel nur zu gerne tat. Und so stießen wir alle mit Sekt oder Orangensaft an und Manuels Mutter Isabel wollte die Runde nun begrüßen und dafür danken, dass alle gekommen waren.

››Ich freue mich, dass Ihr gekommen seid. Auch Ihr, Fanny und Petra. Und die Urgroßeltern natürlich auch, wo ich doch weiß, dass Ihr beiden nicht mehr die Jüngsten seid. Unser Manuel hat nunmehr seinen vierten Geburtstag erreicht und er spricht immer noch so viel und so gut wie schon am dritten Geburtstag. Es ist schön, dass wir dieses Abenteuer leben dürfen, nachdem Stephan und Opa Johannes im Jahre 2017 eine andere Abenteuerreise angetreten sind und der Ausgang dieser Reise so schön war und so schön immer noch ist. Ich habe euch alle lieb.‹‹ Manuel wiederholte das Wort ›Abenteuerreise‹ und er und Hermine rannten dem Johannes in die Arme. Johannes sagte:

››Ich habe euch beide und Max lieb. Ihr gehört nun zu unserer Familie, eine Familie die eisenhart zueinandersteht, was auch geschieht. Selbst Stephan hat sich bei uns eingereiht, nicht wahr Stephan? Du sagst es ja selbst, dass du stur und grob warst. Aber lass uns das ab jetzt vergessen. Das Leben mit dir ist wunderbar, wenn man mal von deiner Morgenlaune absieht.‹‹

Clara fügt hinzu, dass ich ja schon sehr viel Kaffee am Morgen zu mir nehme, und trotzdem war ich launisch, aber um Punkt 11:30 Uhr, da war ich wohl befreit, da betätige ich einen Schalter, einen Hebel, und bin freudig und gut.

Den Schalter lege ich unbewusst um, es ist eine Automatik, die mit dem Gefühl einhergeht.

Johannes streichelte mir über die Schulter. Ich saß direkt neben ihm und freute mich über so viel Zärtlichkeit. Mein Johannes hatte sich also weiterentwickelt und lässt offene Berührungen zu, wo er mir doch früher höchstens über die Haare streichelte. Die Schulter, das ist Anerkennung und Respekt, und die hatte er nun mir gegenüber. »Mein Stephan versteht nun auch, wenn ich Blödsinn mit ihm mache.« Manuel, der mit Hermine im Schoß des Großvaters saß, wiederholte nun das Wort ›Blödsinn‹ und lachte lauthals und wunderschön. Hermine stand ihm da in nichts nach und auch sie wiederholte dieses Wort. Johannes drückte beide fest an seinen Körper und meinte, jetzt wolle er auch mal Max in den Schoß nehmen und so ließ er Hermine und Manuel heruntersteigen und Felix überreichte ihm ganz zaghaft aber stolz – dem Vater aber auch dem Kind gegenüber – Max.
»Er läuft doch schon, oder?« fragte Johannes und versuchte den Kleinen auf dem Boden aufzustellen. Als Felix ihm das bejahte, da stand

Max schon und Opa Johannes hielt ihn an beiden Händen fest. »Wow«, meinte Isabel, die ebenso die ersten Schritte verpasst hatte, wie sie auch Johannes verpasst hatte.

»Na dann zeig mal wie du läufst«, sagte Johannes und dachte dabei, er habe zwar die ersten Schritte verpasst, aber jetzt würde er dies nachholen. Und prompt, da lief der Junge schon einen Meter davon. Johannes war überrascht, erhob sich und lief dem Kleinen den Meter hinterher. Er fasste Max erneut an den Händen und gab ein ‹‹oh›› von sich.

»Wir müssen uns einfach öfter treffen, Opa«, meinte Felix und seine Frau Enie kam ein Gefühl hoch. Sie meinte, sicherlich, wenn Opa Johannes schon ein zweites Leben bekommen habe, dann müsse man dies doch ausnützen und dem Opa mehr Zeit mit den Enkeln geben. Opa Johannes meinte, er nehme sie beim Wort.

Felix kam eine Träne heruntergekullert. Er war schon immer ein Gefühlsmensch. Ich aber hatte das erst vor kurzem lernen müssen und ich hielt daran fest wie ein Bär der bei der Jagd einen Fisch im Fluss schnappt und festhält.

13

»Ich habe dich lieb, Opa Johannes«, sagte Felix, nun unbekümmert und losgelöst.

Johannes sah Felix aus lauter Liebe verwünscht an und zwinkerte ihm zu. »Ich mag es, wenn wir alle uns so treffen. Da kann man miteinander reden.«

Isabel schmunzelte und sagte, das mit dem Reden habe sie durchaus von unserem Opa Johannes abgeschaut und sie sei sehr froh darüber, alles ausdiskutieren zu können wie es auch Johannes sehr gerne tat.

»Ich spreche sehr gerne mit dir, Papa«, sagte Isabel zu Johannes. Sie stand gerade vor ihm und legte dabei ihre Hand auf seine rechte Schulter. Mit aller Zartheit und aus voller Liebe tat sie das.

Die Bedienung des Restaurants brachte Fleisch und Gemüse, als Beilage gab es Pommes Frites und Spätzle, schließlich sind wir im Schwabenland und da gehören Spätzle für Jung und Alt einfach dazu.

Die Kleinen hatten mehr Lust auf die Spätzle und auf die Pommes als auf das Fleisch aus Rind und Schwein. Dafür nahmen wir Erwachsenen vom Fleisch, manche auch eine doppelte Portion, schließlich saß der Hunger schon im Körper.

Doch dann brachte die Bedienung für die Kleinen noch panierten Schnitzel. Den Kindern traten die Augen aus lauter Lust hervor und so schnitten Isabel aber auch Enie ihren Kindern die Schnitzel klein und mundfertig.

Manuel war schnell beim Essen, Hermine ließ sich offensichtlich viel Zeit. Jeder genießt nun mal auf seine Art und Weise, und das ist auch gut so, denn Vielfältigkeit ist ein Geschenk für die Menschheit.

Oma Clara sah sich die Lage mit den Kleinen an und meinte, alle drei haben einen guten Appetit. Sie lobte die drei Racker und alle drei schmunzelten, selbst der einjährige Max hatte seinen Blick auf Oma Claras Lippen gerichtet. Max beobachtete schon ganz gut und lässig, er war – wie auch die beiden Größeren – sehr schlau und ausgebufft. Und doch zeigte mir sein Lächeln einen Engel auf Erden.

Enie lobte Clara, es sei sehr löblich die Enkel zu loben, damit sie später einmal nicht dem Lob hinterherlaufen mussten.

Lob ist ein adäquates Mittel, um das Selbstbewusstsein von Kindern zu steigern und ich hatte mir das zumindest bei Manuel schon angewöhnt. Ich lobte ihn durchaus oft, immer wenn er mir sympathisch war und etwas sehr gut machte.

Hermine fand aber von Jahr zu Jahr von mir mehr und mehr Lob und Anerkennung, denn sie hatte durchaus süße und intelligente Momente in ihrem noch jungen Leben.

Ich nahm Max in meine Arme hoch und gab ihm einen kleinen, feinen Kuss auf die Backe, die sehr gut genährt war. Er sah mich munter und freundlich an und sagte »Onkel« zu mir.

Sein Vater Felix lobte nun mich. Sein Sohn schätze mich, meinte er sehr nett und angenehm. Max rede nicht zu jedem und dass er mich als seinen Onkel erkannt habe war auch sehr schlau und aufmerksam von Max.

Felix hatte die Sache auf den Punkt gebracht und er hatte die Wahrheit erkannt und kundgetan.

Johannes hatte uns zugehört und fragte nun, ob Max denn auch ihn erkenne. Dabei sah er den Kleinen sehr liebevoll an und Max sah putzig aus. Ein Wort brachte er sodann hervor und das Wort war ››Opa‹‹. So konnte sich Johannes glücklich schätzen, dass er nun drei wunderbare, ihn liebende, Enkelkinder hatte.

Der Abend brach an, es wurde ein wenig dunkler und grausiger mit dem Wetter und wir verabschiedeten uns nun voneinander. Doch Johannes hatte noch eine Nachricht an alle Anwesenden und so lud er alle seine Verwandten zu einem Fest anlässlich seines 70. Geburtstages ein. Er wolle eine Plane über das Rasenstück vor dem Haus spannen und er hoffe dennoch durchaus auf gutes, schönes Wetter.

Ich wünschte ihm das natürlich und Rüdiger besiegelte das Vorhaben mit den Worten:

››Ich glaube schon, dass es schön wird, aber wenn du Hilfe brauchst, Johannes, dann komme ich und helfe dir beim Aufbauen.‹‹

Johannes nahm eigentlich Hilfe von Grund auf nur sehr ungern an, doch hätte er hier abgelehnt dann, so wusste er, sollte Rüdiger ihm nie wieder Hilfe anbieten, schließlich war das Leben so. Wenn der Moment vergeht und man nein gesagt hatte, dann kommt die Gelegenheit nicht mehr so schnell und oft.

Johannes wusste das und er wollte Rüdiger nicht vor den Kopf stoßen und so willigte er ein. ››Ihr könnt dann ruhig morgens um Zehn kommen, dann bauen wir die Plane auf und die Tische, Bänke und Stühle. Ich denke wir werden das in zwei Stunden schaffen. Kriegst auch ein Bier zur Belohnung, Rüdiger.‹‹

Rüdiger schaute zufrieden drein. ››Aber hallo‹‹, sagte er sodann und hob lässig und freundlich die Augenbrauen.

Berta sah so aus, als wäre sie stolz auf ihren Mann Rüdiger und so klatschte sie einmal in die Hände und schloss dieses Treffen mit den Worten: ››Na dann ist ja alles abgesprochen.‹‹

14

Am zweiundzwanzigsten des Monates Januar war es dann soweit und die Sonnhofens erreichten mit zwei Fahrzeugen unser Grundstück. Da waren Berta und Rüdiger und ihre Eltern, Maltes Bruder, Isabel, Manuel und Malte. Es war Punkt zehn Uhr am Morgen und Rüdiger hatte sein Versprechen wahrgemacht und half schon im nächsten Moment dem

Johannes beim Aufbau der Planen als Überdachung. Doch da gab es einen der etwas einzuwenden hatte und das war der liebenswürdige Manuel.

»Aber Opa Johannes. Die Sonne scheint, wir haben schönes Wetter, da brauchen wir kein Dach für die Feier.«

Johannes gab zu verstehen, dass das Wetter jederzeit umschwenken könne, da hatte der kleine Manuel schon eine Frage für seine Mama Isabel:

»Mama. Warum ist so ein schönes Wetter?«

Isabel schmunzelte ein wenig, aber stolz über ihren schlauen Buben.

»Ja, Manuel. Wegen dem Wetter musst du den Hersteller fragen.«

»Aber wer ist der Hersteller, Mama?«

»Gott ist der Hersteller.«

Manuel war zuckersüß als er bestätigte:

»Ich weiß wer Gott ist. Ich bin nämlich manchmal in der Kirche mit Oma Berta und der Uroma.«

Isabel: »Das ist aber toll, dass du schon weißt wer Gott ist.«

Malte aber wollte die Unterredung in eine andere Bahn lenken und so begann er vom

Klimawandel zu berichten. Demnach wüssten einige Parteien in unserem Land nicht was hier vorginge. Wie könne man sagen man habe den Klimawandel, weil es warm wird auf der Erde wegen des Ozonloches. Dann aber propagieren diese Parteien, dass wir weiterhin den Klimawandel haben, weil es schneie und kalt sei. Wie passe das nur zusammen?

Ich meinte das zu verstehen und bekräftigte diese Parteien vor Malte und den anderen. Meiner Meinung nach schritt der Klimawandel in beiden Richtungen. Zur Kälte und zur Wärme. Die Erde erwärme sich vom Ozonloch und das Wetter spiele verrückt in die andere Richtung, eben auch wegen des Klimawandels. Als aber Clara, Johannes und Isabel den Malte verteidigten und seine Theorie als die bessere befürworteten, da konnte ich einfach nicht anders als meinen Gedankengang aufzugeben und meiner Familie beharrlich und gut zuzustimmen.

»Es macht doch sehr viel Sinn was Malte hier sagt«, lobte ich nun Malte und gab ihm die Ghettofaust zum Gruß, die er mir zurückgab.

»Man muss es nur aus eurer Sicht heraus verstehen«, erklärte ich nun meinen Wechsel.

Berta aber war gar nicht aufgelegt über das Wetter zu sprechen und griff die Unterhaltung von vorhin wieder auf, noch bevor Johannes und Rüdiger sich dann doch aufmachen sollten, die Plane zu spannen.

»Meine lieben Verwandten. Ich finde es ganz toll, dass unser Enkelkind hier so religiös ist. Selbstverständlich ist das nicht. Wir haben ihn aber durch die Kirchgänge auf diese Spur gebracht und das finde ich einfach klasse.«

Johannes, der eben noch die Plane aus dem Gartenhäuschen gebracht hatte konnte nun mitsprechen, jetzt, da er endlich Erfahrungen mit Gott gesammelt hatte. Doch er wollte zunächst in Erfahrung bringen wie sein Enkelkind denn zu Gott stand.

»Manuel. Wo ist denn unser Gott? Ist er hier mit uns? Oder ist er woanders?«

Manuel streckte seinen Arm in den Himmel hinauf. »Da oben ist er. Und hier unten auch.«

Berta schaute konsterniert: »Meine Güte. Der Junge weiß schon, dass Gott hier mit uns ist? Ist das denn zu glauben?«

Rüdiger sagte: »Du siehst doch, dass der Kleine das weiß. Ich bin mir ja nicht sicher, was Gott anbetrifft, aber wir sollten unserem Manuel lassen was er glaubt, sonst glaubt er gar nichts mehr, und das wäre echt schade.‹‹

Ich stimmte Rüdiger geflissentlich zu. Der Glaube sei eine universelle Macht, mit der uns allen alles möglich sei. Ich verstrickte mich nur zu gerne in diese Unterredung, denn meine Erfahrung mit dem Glauben an Gott und an sich selbst war schon ausgeprägt und groß.

Ich weiß was es bedeutet zu leben. Es ist ein Geschenk von Gott an uns Menschen. Viele Engel durchschreiten die Grenze, vergessen ihr Dasein und kommen als Babys auf die Erde. Hier führen sie dann ein neues Leben fort. Johannes und ich durften das auch, aber wir hatten das doppelte Geschenk, denn wir durften unsere Erinnerung an den Himmel und das Leben davor behalten. Kein Vergessens-Elixier. Kein Zurücklassen des Vergangenen. Das Ziel ist dennoch immer ein erfülltes, sinnvolles und wunderschönes Leben zu führen. Johannes hatte den Funken Gottes in sich und er war leidenschaftlich am Leben von uns allen beteiligt. Das freute mich sehr und ich versuchte es ihm gleichzutun.

Plötzlich sah Isabel mich verwundert an. Ihrer Beobachtung nach, würde ich in diesem Moment nachdenken bis sich die Balken biegen. Sie sprach es durch die Blume an, Malte aber traf mich ins Herz und das war gar nicht übel. Er sprach: »Denke nicht so viel nach, Stephan. Das bringt gar nichts, du bist dabei nur in deiner Welt und bekommst gar nichts von uns mit.«

Johannes meinte, dass er selbst ja nachdenke, wenn er denn Pläne zum Umbau oder Bau einer Sache anfertigt. Isabel aber bekräftigte logisch, dass Johannes` Pläne etwas anderes seien. Ich hingegen würde grübeln über Dinge die man schnell entscheiden müsse. Sich nach links und wieder nach rechts zu wenden bringe demnach nichts als, dass ich tatsächlich in meiner Welt lebe und die Gegenwart an mir vorbeiginge.

Ich bedankte mich für diese Weisheit und erklärte, dass dieser Moment nur eine Ausnahme sei. Ich wisse bereits von der Sache mit den Grübeleien.

Johannes bot zunächst Isabel etwas zu trinken an, Clara und ich fragten die anderen danach was sie denn trinken wollen. Ein jeder hatte Durst und ich organisierte einem jeden ein Glas zu trinken. Manuel wollte einen Orangensaft, den liebte er seit über einem Jahr und den bekam er eigentlich nur zum Mittagessen. Clara aber bedeutete mir ich möge ihm doch schon jetzt ein Glas Saft herbeibringen. Sie verwöhnte ihre Enkelkinder doch sehr und Isabel musste manchmal eingreifen und ihren Sohn vor sich selbst schützen. Isabel schwankte mit der Entscheidung, und bedeutete mir abzuwarten.

Um die Sache mit dem Orangensaft aber in trockene Tücher zu bringen, trat Manuel vor und umarmte seinen Opa Johannes mit der Bitte, *er* möge ihm doch bitte, bitte, Saft geben. Johannes lächelte und war von der Liebe des Kleinen überwältigt. »Ich hole dir deinen Orangensaft, mein Platinschatz.«

Und so ging Johannes selbst in die Küche, öffnete unseren Apothekenschrank, nahm eine Flasche Orangensaft heraus und schnappte sich noch kurzum ein Glas für Manuel.

Der große Manuel, wie ich ihn immer nannte, trank mit einem Durst und mit einer Liebe zum Getränk wie kein anderer. Als sein Glas geleert war wollte er natürlich ein zweites Glas. Isabel meinte: ››Aber nur noch ein bisschen, Manuel. Nachher hast du sonst keinen Hunger aufs Mittagessen und das wäre doch schade, wo Opa Johannes doch heute grillt.‹‹

Johannes meinte, es gäbe nachher Fleisch, doch der Vierjährige lehnte Fleisch heute ab, denn er hatte so seine fleischfreien Tage, was uns keine Sorgen machte, denn ein Kind ist individuell und da muss man einfach von Fall zu Fall entscheiden. Wenn er also mal kein Fleisch zum Mittag haben möchte, dann bekäme er natürlich Beilagen, die Clara an diesem Morgen schon zubereitet hatte.

Isabel schaute verständig und sagte, dann bekäme er eben Pommes und Salat.

Manuel meinte: ››Au ja, Mama. Pommes, aber mit Ketchup.‹‹

››Aber nur ein wenig, mein Schatz.‹‹

››Nur ein bisschen, Mama.‹‹

15

Als am Mittag Felix mit seiner Familie bei uns im Garten ankamen, war es Hermine, die dem Opa in die Arme rannte und ihn über den

Rücken streichelte, was Johannes ein Strahlen einbrachte. »Was für ein Engel du doch bist«, sagte er zu Hermine und komplettierte mit den Worten, sie habe ihre Fröhlichkeit und ihre Keckheit sicherlich von ihren Eltern Enie und Felix.

Enie umarmte zum Gruß den Johannes und rieb mit aller Anerkennung über seinen Rücken. Felix reichte nun seinem Vater die Hand, um aber seine Liebe zu demonstrieren, gab er Johannes ebenso eine Umarmung, wie unter Männern.

»Schön, dass Ihr da seid. Die anderen werden sich doch nicht verspäten.«

Manuel verstand das offensichtlich nicht, doch er war nicht auf den Mund gefallen und so fragte er: »Mama. Was ist verspäten?«

Isabel hatte die Antwort sofort bereit:

»Das ist, wenn man eingeladen ist und später kommt.«

»Aber Mama. Wir kommen nicht später.«

»Nein, mein Schatz. Wir sind pünktlich.«

Johannes bekräftigte seine Ansicht, als er sagte, er finde es toll wieder Mensch zu sein und das alles so genießen zu dürfen, was die Kleinen denn von sich gaben. Alle drei sind hochintelligent, Hermine und Manuel schon mit der Sprache und Max aber auch schon mit seinen Beobachtungen.

Clara lobte Max als sie hinzufügte, ihr kleiner Prinz habe doch auch schon Fortschritte in der Sprache gemacht.

Enie: ››Sicherlich spricht er mit eineinviertel Jahren noch nicht viel, aber ich finde auch, man sieht ihm seine Schlauheit im Gesicht an.‹‹

Johannes fügte an, Kinder sind heutzutage viel weiter in der Entwicklung als Kinder zu früheren Zeiten und alle pflichteten ihm mit ihren Blicken bei.

Ich sah Johannes seine Liebe und seine Zufriedenheit an, er genoss tatsächlich sein neues Leben, und das an jedem Tag dieser Jahre.

Eine kurze Weile später waren dann alle eingeladenen Gäste eingetroffen. Johannes begann das Fest mit den Worten an alle gerichtet: ››Ich freue mich sehr, dass Ihr alle gekommen seid. Das Wetter spielt mit, die Sonne brüht auf den Rasen, obwohl wir Januar haben. Wir können uns heute hier draußen regelrecht aufwärmen. Ein gutes Essen wird gleich gereicht und trinkt ruhig auch Alkohol, denn ich weiß von früher, dass dieser manchen Menschen schmeckt.‹‹

Isabel sah Rüdiger keck an. Er bemerkte das und fragte sie was sie denn nun wolle. Sie verstummte. Rüdiger aber bemerkte nun auch seine freche und unangebrachte Art und entschuldigte sich brav.

››Hast aber gerade noch die Kurve gekriegt, Rüdiger‹‹, sagte Isabel.

Rüdiger schmunzelte und war wieder freundlich aufgelegt.

Manuel wollte wissen was denn eine Kurve sei, aber Isabel sagte, ihr Sohn müsse nicht immer etwas fragen. Manuel ließ sich das nicht gefallen und meinte, doch, er wolle immer etwas fragen.‹‹

Felix sprang dem Manuel in die Bresche und meinte, es sei gut, wenn der Kleine von sich aus viel frage und sage, aber Kinder unter Druck zu setzen, das sei seiner Meinung nach ein Affront und ein Fehler höchster Güte. Als er diesen Satz beendet hatte, da nahm seine Frau Enie ihn an der Hand, drückte liebevoll ein wenig zu und gab ihm einen Kuss auf die Wange. Felix war gelassen und freute sich über so viel Liebe in dieser Runde.

Johannes freute sich über die Liebe, die Felix und Enie offenkundig zur Schau stellten. Seine Augen glänzten und seine Worte waren warm und angenehm als er meinte, alle Gäste mögen sich doch setzen, es gebe schon das Mittagessen, welches er und Clara zubereitet hatten.

Am Tisch erzählte Fanny dem Johannes mit einer Eloquenz und Intelligenz, wie der Sturm am gestrigen Abend über das Dorf gezogen war, indem ihre Mutter Petra lebte. Johannes überraschte das, über unsere Stadt sei kein Sturm herübergefegt und wir wohnten doch nicht weit entfernt voneinander. Alle unsere Ziegel lägen noch auf dem Dach und er habe sehr gut geschlafen, was ja bei Sturm offensichtlich nicht möglich sei.

Petra bekräftigte Fannys Aussage und sagte:

»Dieser Sturm gestern war durchaus schlimm. Es wäre aber unangebracht würde ich sagen, er sei fanatisch schlimm gewesen, gar grausam und vernichtend. Nein, das ist er nicht gewesen, und doch hat er meinen Kirschbaum gut durchgerüttelt.«

Johannes war – wie auch schon früher – sehr sorgend und sagte sodann: »Aber es ist gut, dass kein Baum auf dein Haus gefallen ist.«

Ich versuchte schlau zu sein und meinte: »Nicht jeder Baum fällt auf ein Haus und nicht jeder Mensch wird vom Blitz getroffen.«

Isabel bedankte sich bei mir und meinte: »Oh, gut dass du das jetzt sagst. So schlau ist mein Bruder schon immer gewesen, aber ein Besserwisser warst du bis jetzt noch nie. Ich habe dich ja lieb aber bedenke was du da sagst. Oder besser gesagt, wie du es sagst.«

Malte schmunzelte und ich fand, dass er Isabel bestärkte und unterstützte bei dieser Angelegenheit, und ich verstand nunmehr was ich da getan hatte.

Ich ließ meinen Kopf hängen und blieb für die nächsten zwei Minuten still wie ein Baum.

16

Petra erhob sich, hob ihr Glas Sekt und begann eine kleine Rede zu halten.

»Lasst uns auf Johannes anstoßen, der aus den Höhen des Todes zu uns zurückgekehrt ist, um seine Enkel noch beim Aufwachsen zu begleiten. Hoch sollst du Leben, Johannes. Und auch du, Stephan, sollst gegrüßt sein und ihr möget einen Segen von Gott empfangen, damit Ihr noch lange lebt.«

»Liebe Petra«, meinte nun Johannes. »Danke für den Segen. Ich bin froh meine Lieben wieder bei mir zu haben. Ich habe euch alle aus dem Tod das eine oder andere Mal beobachtet. Ich war eben in eurer Nähe, wenn ich an euch und Ihr an mich gedacht habt.«

»Ja, meine Lieben«, sagte ich. »Dachtet Ihr an uns, so waren wir zur Stelle. Dabei sahen wir euch und der eine oder andere von euch hatte uns dabei gespürt. Das alles hängt mit den

Gefühlen zusammen, die Menschen und Engel gleichermaßen haben. Einige verstehen meine Worte nicht, einige aber schon und denen sage ich es gerne noch einmal: Wir spürten und sahen uns, wenn wir einander gedachten.«

Isabel kam eine Träne heruntergekullert und sie sagte, sie habe immer daran festgehalten, dass es so ist. Sie habe an ihren Vater und an ihren Bruder gedacht und sie war froh gewesen, dass ihr Bruder Stephan ihr zu seinen Lebzeiten das eine oder andere über die parallele Welt da draußen erzählt und verklickert habe. Dadurch konnte sie oftmals eins und eins zusammenzählen und sei deshalb auf solche Weisheiten gestoßen.

Opa Johannes umarmte seine kleine Prinzessin Isabel und Hermine kommentierte das mit den Worten »Opa ist toll.«

Isabel verstärkte diese Aussage mit den Worten: »Opa ist der Beste.«

Felix nahm sein Glas mit Sekt, lehnte sich über den Tisch und stieß mit unserem Vater an, der wiederum grinste, herzlich und gut.

Felix: »Es ist gut, dass du weiter teilhast an unseren Kindern, Papa. Wie lange du denn schon auf Enkel gewartet hast und wie schnell dich der Krebs zunächst aus unserer Mitte genommen hatte. Heute feiern wir deinen runden siebzigsten Geburtstag und wir alle sind froh, dass dein Ehrgeiz und Stephans Wille euch zurückgebracht haben.«

Es war die älteste Schwester von unserem Vater Johannes, die nun das Wort ergriff, um ein Hoch auf ihren lieben Bruder anzustimmen.

»Johannes«, sagte Theresa. »Du bist ein wunderbarer Bruder. Hast tolle Kinder und süße Enkelkinder, und ich freue mich darüber, dass du noch herzlicher geworden bist. Ich freue mich, dass du deine Enkelkinder nun doch sehen und spüren darfst, als ein Mensch. Ich weiß zwar nicht wie Stephan und du das gemacht habt, dass Ihr wieder bei uns seid, schließlich wart ihr für einige Monate tot.

Allerdings glaube ich an Engel, und ich bin mir sicher, dass diese ungeheure Kräfte haben. Ihr beiden seid solche Engel gewesen, Stephan und Johannes. Ihr habt zu uns zurückgefunden. Eine solche Geschichte ist heutzutage eine Sensation, auch wenn Ihr diese Geschichte nicht in die Öffentlichkeit gebracht habt. Dies zeigt mir, dass Ihr normale Menschen seid, dass Ihr zu uns gehört, zu dieser großen Familie. Ihr stellt euch nicht über uns und Ihr gebt euch auch nicht unter uns hin, nein. Zuletzt will ich euch noch wünschen, dass Ihr das Leben genießt, das euch zum zweiten Mal geschenkt wird.‹‹

Theresa setzte sich, doch plötzlich erhob sie sich wieder und sprach in gepflegtem Deutsch: ››Ich bin ja schon froh, dass wir unseren Johannes sechsundsechzig Jahre lang gehabt hatten. Es war eine schöne, erfüllte Zeit. Wir liebten uns und wir trafen uns regelmäßig. Wir waren eine große Familie. Jetzt aber übersteigt unser Leben meinen Verstand. Alles ist noch viel schöner geworden, durch dich Johannes, der du eine Wärme und eine Schönheit ausstrahlst, die uns alle mitnimmt und erfüllt.

Ich hoffe ich sage nicht zu viel, aber ich sage es gerne: Diese Familie um dich, Johannes, ist Gold wert.‹‹

Nun war es Johannes, der sich von seinem Platz erhob, um wieder seinerseits alle anzusprechen.

››Meine Familie. Ich habe meine Geschwister heute eingeladen. Ihr gehört zu meiner Sippe, eine Sippe die gut und schön ist. Eine Gruppe von erfahrenen und geschlagenen Menschen, die immer wieder aufstehen, und die sich gegenseitig lieben, vergeben und verzeihen.

Ich kann für mich und meine eigene Familie sagen, dass wir zusammenstehen, was auch immer in unserem Leben geschieht. Ich erinnere mich an Isabel, wie sie sich für mich an den schweren Tagen kurz vor meinem Tod eingesetzt hat. An meine Frau Clara, die mit Stephan zusammen, mich gut und wunderbar betreut hatte. Und es gab auch ein Wunder, obwohl ich zuvor nicht an Gott oder Engel geglaubt habe. Das Wunder hatte mir mein Sohn Stephan beschert, der uns durch die Wand unseres Wohnzimmers, zu unseren Liebsten, durchgebracht hatte, und mit dessen Anleitung ich einen neuen Körper bekommen hatte.

Einen Körper, der für Menschen sichtbar und für meine Lieben fühlbar geworden ist.«

Ich sah unserem Johannes eine Melancholie an, doch schon im nächsten Moment spürte ich wie er kurz nachdachte und davon wieder abkam. »Ich denke ab und zu an mein erstes Leben, doch das brauche ich gar nicht, denn dieses neue Leben ist einfach wunderbar und schön.«

Ich unterbrach Johannes und meinte, ja, unser Papa brauche nicht traurig zu sein, sondern er möge doch die Gegenwart beobachten und leben und nach der Zukunft schauen.

Johannes presste die Lippen zusammen und ich verstand, dass er mich verstanden hatte.

Der süße Manuel sagte, das alles sei perfekt. Er hatte dieses Wort schon vor einem Jahr benutzt und doch fand ich es wunderschön, wenn er so redete.

Isabel streichelte Manuel über den Rücken und meinte, er sei perfekt. Goldig sah er sie an und süß leckte er sich über die Oberlippe. Sein Vater Malte fand das wunderhübsch und lobte seinen Sohn: ››Manuel ist eben der Beste.‹‹

››Nein, Papa. Du bist der Beste.‹‹

17

Johannes hob das Glas, das mit stillem Wasser gefüllt war, und geizte nicht mit Worten.

››Es ist einfach schön, dass Ihr alle gekommen seid. Meine Geschwister, meine Kinder und Enkelkinder, und einige weitere, die mir nahestehen.‹‹

Johannes setzte sich und gab das Wort an seine Prinzessin Isabel ab, die sich nun ihrerseits von der Bank erhob und zur Rede ansetzte.

››Viele von euch haben sich loyal gegeben, haben sich an unsere Seite gestellt und uns Hilfe zugesagt. Auch mit Worten habt Ihr schon geholfen, Ihr seid wertvoll für unsere Familie und ich bin stolz darauf, dass diejenigen, die meinem Papa Johannes nahestehen, auch heute gekommen sind. Es sind Leute, die den Nachnamen meines Papas haben und die diesen Namen mit Ehre tragen, und es sind Geschwister meiner Mutter da. Wir sind eine Familie, und einige sind dazugekommen, wie Berta und Rüdiger, Bertas Eltern, oder Petra und Fanny. Diese sind von der Familie meines Mannes und sie gehören nun mal dazu, wie die Sahne auf der Torte. Ich habe immer meinen Spaß, wenn diese das eine oder andere von sich geben. Sie sind wie sie sind und ich meine das auch nicht böse.‹‹

Hermine ergriff nun das Wort, als sie sich auf eine Bank stellte.

››Das ist alles so perfekt, Mama. Perfekt ist wer Gutes tut und Schönes sagt. Meine Mama ist perfekt und mein Papa ist perfekt. Und der Manuel auch. Den habe ich auch lieb.‹‹

Enie: »Das hast du aber schön gesagt, meine Liebe.«

Felix war erstaunt über die Intelligenz seiner Tochter Hermine und setzte seine lieblichen Grübchen ein. Johannes meinte, es sei sehr schön, wenn die Kleinen so glücklich ausschauen und Clara nahm Johannes` Hand und schaute ihm liebevoll in die Augen.

Johannes komplettierte seine Aussage: »Wenn die Kleinen glücklich sind bin ich es auch.«

Johannes` ältester Bruder erhob sich gemächlich von der Bank und hielt eine Rede, wobei er sich zunächst mit der Hand über den Mund strich.

»Unser Johannes kann glücklich sein, dass Gott ihn zurückgeschickt hat zu uns. Meine Frau und ich haben so viel für dich gebetet, Johannes. Und jetzt sehen wir, dass unsere Gebete geholfen haben, denn du bist wieder bei uns. Mein liebster Bruder. Du hast es verdient ein neues Leben bekommen zu haben. Ich hoffe, dass auch ich lange lebe, schließlich kommen wir aus derselben Familie, und was dem einen Bruder möglich ist, soll doch dem anderen auch gelingen.‹‹

Ich erhob mich geschmeidig und antwortete dem ältesten Bruder:

››Ja, Onkel. Wir sind besondere Menschen mit klarem Herzen und mit der Wahrheit auf den Lippen. Ich hoffe auch, dass du lange lebst, aber das kann nur das Leben entscheiden.‹‹

Der älteste Bruder aber entgegnete: ››Ich bin es doch wert, so wie meine Frau und ich beten und wie wir immer aufbauende Worte finden.‹‹

Seine Frau bestärkte ihn mit einem Kuss auf die Wange und schien überaus zufrieden zu sein. Ihr Mann meinte, sie sei sein persönlicher Engel.

Der Geburtstag fand dann doch ein glückliches, schönes Ende und Johannes` Schwester, die aus Heidelberg gekommen war, wollte eine Nacht bei uns verbringen, nachdem sie Johannes schon so lange nicht mehr besucht hatte.

»Weißt du ... «, sagte sie in einer kleinen Runde am Lagerfeuer, das Johannes eigens für solche Momente entzündet hatte. » ... Du bist der beste Bruder von allen Vieren, und ich wohne auch noch so weit entfernt, dass wir uns vielleicht nur einmal im Jahr sehen können.«

Johannes schmunzelte und genoss das Lob, dann sagte er: »Deshalb übernachtest du heute Nacht hier, damit wir miteinander reden können.«

Am Ende des Abends saßen nur noch Johannes und seine Schwester aus Heidelberg zusammen am Feuer. Als aber Johannes mich an der Haustüre stehen sah, da winkte er mich herüber zu sich und seiner Schwester.

Ich kam der Einladung nach, nahm einen Stuhl von der Terrasse und setzte mich zu den beiden dazu.

Unter uns lag der Rasen, den Johannes stets gepflegt hatte, und den er nach der Wiederkunft erneut hegte und pflegte. Ich half ihm fleißig dabei, so weit war es – Gott sei Dank – mit mir gekommen.

Seine Schwester sprach: ››Weißt du Johannes. Ich habe zwar nicht gebetet für dich, aber ich hatte dich immer mal wieder in meinen Gedanken, denn immer, wenn du mich in Heidelberg besuchst hast aber auch nach deinem Tod, da habe ich dich als einen wunderbaren Menschen gespürt.‹‹

Ich lächelte die Tante an und meinte sodann eifrig:

››Das ist das was ich nach seinem Tod immer gesagt habe: Johannes strahlt Liebe aus. Ich habe es zwar früh geahnt, aber jetzt weiß ich es mit Sicherheit.‹‹

Johannes` Schwester bekam eine Träne in die Augen und umarmte ihren lieben Bruder leidenschaftlich mit den Worten: ››Ich habe dich sehr, sehr lieb, Johannes.‹‹

Als ich das sah, bereute ich mein Leben und sprach: ››Ich habe einige Jahrzehnte verstreichen lassen mit einer Idiotie in mir, die keinem guttut.‹‹

Meine Tante gefiel das nicht und so sprach sie milde mit mir:

»Hör mal, Stephan. Mach dich nicht so schlecht. Klar warst du stur und grob, aber du warst auch immer ein guter Mensch.«

Ich dann: »Ein Mensch, der niemals bewusst gefühlt hatte.«

Johannes strahlte und meinte: »Es war nicht zu spät. Manche sterben im hohen Alter ohne je so gespürt zu haben wie du es jetzt tust.«

Ich legte zärtlich meinen Arm auf Johannes` linke Schulter und er legte seinen Arm um meinen Rücken. Seine Schwester lobte diese Freundschaft mit einem Kopfnicken und mit den Worten »das ist aber ganz schön, Ihr zwei.« Seine Schwester labte sich genüsslich an unserer Freundschaft und wollte etwas ansprechen, das ihr sehr auf dem Herzen lag.

»Meine älteste Tochter spricht immer von dir, Johannes. Vielleicht treffen wir uns in diesem Frühling wieder und ich bringe sie mit mir.«

»Klar. Und sie soll auch ihre Kinder und ihren Mann mitbringen.«

»Da wird sie sich aber freuen, Johannes. Weißt du: Die Bücher, die Stephan über dich geschrieben hat, gingen ihr doch sehr ans Herz.«

»Ja, das hat mein Sohn gut gemacht.«

18

Johannes` Schwester sah zufrieden und glücklich aus, ihr Lächeln war bezaubernd und ihr Gemüt lässig und schön.

Sie habe die beiden Bücher, die ich geschrieben hatte verschlungen und war mit beiden Büchern sehr gerührt. Beim Buch über Johannes` gesamtes Leben lagen die Tränen schon nach wenigen Seiten auf ihrer Wange, erzählte sie. Das Buch über seine letzten Wochen habe viel Gefühl in den Zeilen und ich müsse gar nicht so gegen mich selbst schießen, meinte sie herzlich.

Meine Demut sei – ihrer Ansicht nach – zu übertrieben, in allen Büchern erkenne sie diese meine eigene Demütigung und so lobte sie mich dermaßen, dass meine Selbstsicherheit sofort gestiegen war.

Ihre Worte waren einfach: ››Johannes hatte dich auch schon früher vor mir gelobt, du bist einfach ein guter junger Mann. Hast ja viel Musik gemacht, eine Ausbildung hast du auch beendet und mit den Enkeln bist du laut Johannes sehr lieb.‹‹

Ich war gerührt, eine Träne überkam mich. Ich wischte sie weg und gestand, dass ich das so weder gehört noch gesehen habe. Allerdings erkenne ich, seit der Wiedergeburt, die Liebe von Johannes für mich.

Seine Schwester schmunzelte und sprach, jetzt verstünde ich endlich wie das Leben denn gehen sollte und ich lobte nun sie mit aller Kraft und aller Liebe.

››Du siehst einfach die Wahrheit, Tante und glaube mir, ich hatte das wirklich Menschliche nicht gesehen oder gespürt. Ich war blind und gefühllos und ich sage das immer wieder, auch wenn Ihr beiden das nicht gerne hört.‹‹

Johannes staunte nicht schlecht. »Och ja«, sagte er forsch und charmant. »Wenn du es immer wieder sagen willst, dann ist das so, mein Sohn.«

Die Tante meinte: »Besser so als andersherum.«

Ich gähnte, aber nicht aus Respektlosigkeit, sondern aus Müdigkeit und der vorangeschrittenen Uhrzeit. Und so begaben wir drei uns in unsere Betten und ein jeder hatte zunächst einen guten Schlaf.

19

Ich erschrak als ich wach wurde, sah auf die Uhr. Es war morgens um halb fünf und ich hörte einige Schritte im Flur und wusste sofort, dass dies mein lieber Vater Johannes war, der sich hier zu früher Stunde wahrscheinlich in die Küche begab, vielleicht um einen Kaffee zu trinken.

Ich erhob mich und ging durch den Flur in die Küche, wo ich Johannes am Kaffeevollautomaten fuhrwerkeln sah.

»Einfach auf den Kaffee-Knopf drücken, Papa. Sonst mache ja ich den Kaffee für uns beide. Komm. Lass mich mal da dran.«

Ich schlängelte mich an ihm vorbei, um am Automaten anzugelangen. Er meinte, es sei doch noch früh um aufzustehen. Was ich denn hier zu dieser Stunde mache?

Er sei ja schon älter und da schlafe man nicht zu lange, ich aber sollte noch im Bett sein. Ich aber wollte hier und jetzt einen Kaffee mit ihm trinken, aus lauter Liebe zu ihm.

»Ich wollte einfach einen Kaffee mit meinem Papa trinken. Wir sind doch eine Familie.«

Sicherlich sind wir eine Familie und Johannes Anwesenheit ist für mich immer sehr angenehm und schön. Ich fand es wunderschön mit ihm an diesem frühen Morgen und das sagte ich ihm auch:

»Ich mag es mit dir Kaffee zu trinken, ob es nun erst halb fünf ist, ist mir schnurzegal.«

»Du bist ein guter Sohn. Hör mal: Lass uns ein Gebet abhalten, hier und jetzt, zu dieser Stunde und hier im Wohnzimmer.«

»Na klar, Papa. Ich bin froh, dass du nicht gegen Gott wetterst, obwohl du damals noch relativ jung warst als du gestorben bist. Du hast also Gott vergeben?«

»Mein Tod war nicht nur Gottes Schuld, Stephan. Das Leben und die Umstände spielen eben auch mit, nicht wahr? Ich bin froh, dass es nicht Gottes Schuld war, denn so kann ich Gott noch mehr lieben, so wie du ihn liebhast.«

»Nun, Papa. Ich habe immer geglaubt, aber ich habe eben durch meine Krankheit intensivere Erfahrung machen dürfen mit Gott. Du hast nur gelegentlich einige Geschichten aus der Bibel von mir gehört, wenn du am Haus gearbeitet hast und ich zur Kaffeepause herbeigekommen war und mit dir geplaudert habe.«

»Du hast nicht immer so viel geredet wie du es heute tust, Stephan. Du bist einfach viel befreiter als früher, angenehmer und erfahrener. Du hast deine Reden einfach im Herzen oder mit dem Verstand, das war früher ganz anders und ich bin froh, dass du dich gewandelt hast.

Jetzt lass mich hier für uns beten.‹‹

Johannes kniete auf den Teppich im Wohnzimmer. Ich tat das gleiche und er begann das Gebet.

››Lieber Gott. Ich bete aus dem Herzen, weil es das ist was du mich da oben gelehrt hast. Aus dem Herzen heraus zu sagen was einem in diesem Körperteil liegt, das tue ich hier. Ich bin nicht unzufrieden, nein, ich habe eine tolle Familie, drei Kinder und drei Enkelkinder, eine Frau, Schwiegersohn und Schwiegertochter. Das alles hast du mir gegönnt, nicht zuletzt durch die Wiedergeburt, an der du ganz bestimmt beteiligt warst. Ich liebe dich Gott, ich liebe meine Geschwister und meine Familie. Ich kann jetzt sagen, dass mein Herz voll von Liebe ist und ich geständig bin, dass ich früher nicht an dich geglaubt habe. Bitte nimm es mir nicht übel. Ich wusste es nicht besser, auch spürte ich es nie‹‹.

Ich holte weiter aus und sagte nun:

»Ja, unser Gott im Himmel und auf der Erde. Überall wo du bist, hörst du uns beide, denn wir kennen uns persönlich und mögen und lieben uns gegenseitig.

Johannes möchte viel Zeit mit uns verbringen, mit seiner Familie. Ab und zu wird er gewiss auch etwas am Haus arbeiten, aber nur um eine Ausgewogenheit zu haben in seinem Leben. Mein Herz quillt über von Liebe zu dieser Familie und auch mein Verstand möge gute Worte aus mir heraustragen.«

Johannes zog Luft ein und atmete erleichtert aus. Sein Herz sprang wohl, so stellte ich mir das vor.

Plötzlich sah ich ein Licht von ihm ausgehen. Ein wunderbares Leuchten, das von seinem Körper ausging. Auch er musste es gesehen haben, denn er lächelte in diesem Moment und sah zu mir herüber, zwinkerte mit einem Auge und nickte mir liebevoll zu.

»Wir sind also noch Engel, Papa. Nicht wahr? Siehst du es wie ich es sehe, Papa?«

Und ob er es sehe und spüre, meinte er genüsslichen Blickes.

Sein Gesicht erhellte sich und war sehr schön, in einem weiß wie Elfenbein.

Sein Mund formte ein O und seine Augenbrauen hoben sich. Er fragte sich wohl etwas.

››Werden wir jetzt sterben, Stephan? Ist das nun doch das Ende?‹‹

Ich hielt mich an der Couch fest und spannte meinen Körper an. ››Nein, wir werden jetzt nicht sterben, Gott helfe uns.‹‹

Johannes sah was ich tat und so spannte auch er seinen Körper an, mit dem Ziel am Leben zu bleiben.

Ich fand das regelrecht phantastisch, aber ich bezeichnete es so: ››Das Leben will uns nehmen, Papa. Weil es wohl irgendwie an der Zeit ist, aber die Zeit ist veränderlich und das Schicksal eben auch. Wir werden leben, solange, bis es eben nicht mehr geht. Aber wir werden alle Tage genießen, ja‹‹?

Johannes strahlte ein Lächeln, wie ich es schon jahrzehntelang kenne und sagte:

»Und ob wir das tun werden.«

Die Lage war klar. Die enge Familie bestand aus zehn Personen und wir würden uns niemals aus den Augen verlieren, so stark war unsere Familienbande und so liebevoll war sie.

Hermine fand immer mehr Intelligenz und Gefühl, aber auch Max und mein Liebling, Manuel, hatten das. Wir lebten ausschweifend in der Liebe, die nächsten Jahre genossen wir intensiv und was die nächsten Jahrzehnte noch bringen würden, das würden wir schon sehen und spüren.

Goldig, liebevoll und keck warn die drei Kleinen, und auch sie verstanden schnell, dass ihr Leben mit allem Genuss gelebt werden sollte, was sie auch taten.

Viele Male kam der Frühling, nicht nur zwischen März und Mai, sondern auch in unseren Herzen. Und viele Male schlug das

Glück sanft zu und die Leidenschaft brachte eine Wonne und Genugtuung wie wir sie bislang noch nicht kannten.

LESEN SIE AUCH VON VIKTOR KAMERER:

TOT-DAS TASCHENBUCH
VERFÜHRUNG-IM HARDCOVER